KB060025

괄호가 많은 편지

괄호가 많은 편지

슬릭 × 이랑

문학동네

차
례

슬
릭
의
말

×

　　어렸을 때는 지금의 슬릭이 부러워할 만큼 '되고 싶은 것'이 참 많기도 했습니다. 턱을 괴고 입꼬리를 올린 얼굴로 하늘을 바라보는 명랑한 어린이는 아니었지만, 꿈이 참 많았어요. 가수, 작가, 라디오 DJ, 작사가, 교사, 기타리스트, 작곡가…… 보통 창작과 관련된 직종이 많았네요. 그리고 어린 령화(김령화, 제 본명입니다)가 부러워할 만큼, 지금의 저는 원했던 정체성들을 얼추 다 갖추게 되었습니다. 물론 그 정체성이 색색깔의 '마감'이 되어 캘린더를 빼곡히 칠하고 있다는 것은 전혀 부러워할 일이 아니지만요.

　　이랑님과 편지를 주고받는 프로젝트를 시작하며, 저는 드디어 몇몇 사람들에게(주로 편집자님에게) '작가님'이라고 불리기 시작했습니다. 아, 작가라니! 슬릭 작가님이라니! 얼마나 근사한 호칭인가요. 들을 때마다 가

숨이 벅찹니다. 그리고 작가로서 이랑과 주고받는 편지는 그 호칭보다 더 근사합니다. 이 복잡하고 서러운 서울 하늘 아래 얼굴을 마주하지 않고도(물론 마주하고 싶지 않다는 얘기는 아닙니다) 깊고 투명하고 촘촘한 이야기를 나눌 상대를 만난다는 것은, 그보다 훨씬 더 영화 같은 일입니다. 이 멋진 연결을 지켜봐주세요.

이제 어렸을 때 모았던 장래희망 중 기타리스트 정도만 아직 이루지 못했군요. 기타의 ㄱ자도 모르는 제가 어떻게 전설의 기타리스트가 되어가는지, 그 감동적이고 스펙터클한 이야기를 놓치고 싶지 않다면 주목해주세요. 만약 이 책이 끝난 후에도 여전히 기타의 ㄱ자도 모르는 저를 만난다면, 작가의 ㅈ자 정도는 알게 된 저라도 괜찮으실지요. 그때 마주볼 당신에게 우리의 편지를 드립니다.

이
랑
의

말

×

2020년 8월 말부터 슬릭에게 편지를 쓰기 시작했습니다. 소설이나 수필을 쓸 때와 달리 편지에선 자꾸 괄호를 쓰게 되더군요. '괄호가 너무 많은데…… 괜찮은가?' 고민하던 중, 슬릭도 똑같은 고민을 한다는 걸 알게 됐습니다. 왜 편지에 괄호를 자주 쓰게 되는지 아직 우리 둘 다 이유를 찾지 못했기 때문에 일단 괄호가 많은 편지를 주고받기로 했습니다.

평소 저는 글을 쓴 뒤 음성 읽기 기능을 통해 원고 내용을 귀로 재차 확인합니다. 눈으로 미처 확인하지 못했던 비문이나 오탈자를, 음성으로 들으면 더 쉽게 찾아낼 수 있거든요. 그런데 제가 사용하는 음성 읽기 사이트에서는 괄호 안의 내용을 읽어주지 않더군요. 무슨 이유로 괄호 안의 내용은 빼는 걸까요. (이 또한 이유를 찾는 중입니다.) 몇몇 음성 읽기 사이트를 테스트한 뒤, 지금은 괄호 안의 내용까지 읽어주는 곳에 정착했습니다. 그런데 괄호 안의 내용까지 전부 음성으로 들으니, 눈으로 볼 때와는 달리 문맥이 파괴되는 느낌이 들었습니다. 특히 (ㅋ……) (하하핫) (안 돼!!!) 같은 것들이 방해가 되더군요. 역시 괄호 안의 내용은 소리내지 말고 마음으로 읽어야 하는 걸까요.

손으로 쓰고, 눈으로 보고, 귀로 다시 듣는 글쓰기 과정은 꽤 피로합니다. (글쓰는 일뿐만 아니라 모든 일은 피로를 동반하겠지요.) 그런데 정해진 한 사람에게 쓰는 글은 상상했던 것보다 더 즐거워 무척 놀라고 있습니다. 일인지 아닌지 헷갈릴 정도로 즐거움이 피로를 이기는 이 일을 하게 되어 기쁩니다. 앞으로 '과로'하지 않고, 약간의 피로와 많은 즐거움으로 슬릭에게 편지를 써나가겠습니다. (그리고 괄호 안 이야기들은 마음으로 읽어주세요.)

슬
릭

×

이 세국에 안부를 묻는 건
실례일까요

×

이
랑

처음 이랑님의 존재를 알게 된 사건은, 다름 아닌 한국대중음악상 시상식 트로피 경매였습니다. 공교롭게도 제가 그날 그 자리에 있었어요. 누가누가 상 받나, 후보도 아닌 주제에 좋다고 같은 회사 사람들이랑 구경을 갔거든요. 그때까지만 해도 한국대중음악상 시상식은 저에게 긍정적인 의미가 있었습니다. 텔레비전에 나오지 않는 뮤지션들에게도 상을 준다니, 음악 시상식이라면 그래미 어워드와 공중파 방송국 3사의 연말 가요 시상식, 그리고 엠넷 MAMA 시상식 정도만 알았던 터라 뭔가 순수해 보이는 이 시상식이 퍽 마음에 들었더랬죠. 저도 은근히 이 상을 만든 사람들의 마음에 들고 싶기도 했고요. 그런데 무대에 올라와 상을 받고는 곧장 트로피를 경매하는 인디 뮤지션을 보고 나니 갑자기 마음이 부풀고 뻐근했습니다. '아니, 어떻게 저럴 수가 있지?' 하는 의아함과 '나도 저 사람처럼 되고 싶다'는 욕망이 동시에 교차했습니다.

실은 그 퍼포먼스가 저에게 어떤 의미인지 깨닫는 데는 꽤 많은 시간이 필요했습니다. 속세 그 자체가 되고자 하는 힙합 뮤지션들 사이에서 고고한 리리시스트lyricist 혹은 그 언저리의 무언가로 각인되기 위해 꾸며댔던 저의 부푼 자아는, 이랑님 덕분에 소박한 정체성 한구석으로 자리를 잡았습니다. 부끄러움을 많이 타지만 솔직하고 용기 있는 슬릭이 탄생한 데는 이랑님을 비롯한 좋은 음악가들의 허물없는 친절이 정말 큰 역할을 맡아줬거든요. 아무튼 그때의 이상하고 찌릿한 혼란은 과거의 마음이 되었고 저의 장래희망은 한국대중음악상 수상에서 ENTP*로 바뀌었습니다만, 그날의 이랑님이, 새까만 옷과 흰 얼굴과 무거운 트로피가 종종 생각나곤 했습니다.

지금은 그렇게 멀리서 보던 이랑님께 편지를 쓰고 있네요. 몹시 긴장되는 순간입니다. 들리진 않겠지만 이 시점에서 헛기침을 한 50번 정도 한 것 같아요. 실은 첫 편지라 그런지 많은 말들을 적었다가 지우는 중입니다. 이랑님과 제가 나눌 수 있는 이야기가 뭘까, 이랑님이 저와 나누고 싶어하는 이야기는 뭘까. 내가 하고 싶은 말은, 할 수 있는 말은, 그리고 종국에는 이 모든 글들이 불특정 다수에게 공개되기 때문에 영원히 할 수 없는 말들은…… 생각이 많아지니 단어들이 엉켜 정작 하얀 화면은 생각만큼 채워지지 않네요.

그러고 보니 누군가에게 편지를 쓰는 것이 참 오랜만입니다. 마지막으로 편지를 쓴 게 언제였는지도 잘 기

---

* MBTI 성격 유형 중 외향적이고 자존감 높은 뜨거운 변론가형.

억나지 않네요. 몇 년째 적는 글들은 거의 모두 가사가 되었고, 어쩌면 청자를 특정하지 않는 것에 익숙해져 한 사람에게는 쉽게 말을 꺼내지 못하는 듯도 합니다. 이랑님을 알고 지낸 시간은 짧지만 오히려 실제로 만났던 자리에서는 한없이 이야기가 흘러나왔는데, 혼자 무언가를 고하려니 좀 어색하기도 하고요. 그래도 아주 오랜만에 쓰는 편지가 이랑님께 쓰는 편지라 다행입니다. 제가 쓴 첫 편지의 내용이 어떻든 이랑님의 답장은 아주 멋질 거고, 저는 또 그 답장의 멋짐을 어떻게든 잇고 싶어하느라 최선을 다해 재밌어질 예정이기 때문입니다. 그러니 저의 인트로가 영 별로여도 실망하지 말아주세요. 저는 힙합 출신이라 보통 훅hook에서 잘 터뜨립니다.

누구나 그렇겠지만, 요즘 저의 최대 관심사는 '대재난 시대에 어떻게 살아남을 것인가'입니다. 안 그래도 한 달 벌어 한 달 먹고사는 프리랜서 인생인데, 이제는 앞날의 캄캄함이 스페이스 그레이였다가 매트 블랙이 되어버린 기분입니다. 사실 저를 가장 불안하게 만드는 것은 아이러니하게도 미래에 대한 걱정입니다. 코로나 시대 전까지만 해도 저는 그렇게 먼 미래를 생각하지 않는 사람이었거든요. 두어 달 정도의 계획만을 머릿속에 넣어두고,

이 시국에 안부를 묻는 건 실례일까요

그뒤의 일은 나중에 생각하는 사람이었는데, 지금 생각해 보니 그조차 호사라 느껴지네요. 그래서인지 작금의 상황이 굉장히 혼란스럽습니다. 하루에도 몇 번씩 1년 뒤, 5년 뒤, 10년 뒤의 미래를 걱정하고 있습니다. 코로나와 같은 재난(저는 인재人災라고 생각합니다)과 심각해진 기후위기는, 그래도 죽으란 법은 없을 거라 생각하며 한 치 앞만 보면서 살아가던 저의 미련함을 깨우쳤습니다. 정신 차려 보니 저는 정말로 미련하게 살아가고 있더라고요. 이제 두어 달의 끼니는 어찌어찌 해결하겠지만 어렴풋하던 그 다음이 흔적도 없이 삭제된 것 같아 무섭습니다. 요새는 정신을 딴 데 두지 않으면 끝없이 괴로워서 SNS도 잘 들여다보지 못하고 스위치 게임기만 주구장창 붙들고 있네요. 첫 편지부터 우울함을 늘어놓고 싶진 않았는데, 이 시국에 해맑기도 쉽지만은 않으니 용서해주시길 바랍니다.

　이랑님은 어떤 생각들 속에 살아가고 있으신가요? 이 시국에 안부를 묻는 것조차 실례일까 두렵지만, 이랑님이 어떻게 지내는지 무척 궁금합니다. 부디 저와 주고받는 편지가 부질없다고 느껴지지 않기를 바랍니다.

2020년 8월 24일

슬릭 드림

저의 인트로가 영 별로여도

실망하지 말아주세요.

저는 힙합 출신이라

보통 훅hook에서 잘 터뜨립니다.

이
랑

×

또한 이름이 두 글자인 슬릭에게

×

슬
릭

슬릭님에게, 슬릭씨에게, 슬릭 선생님. 무어라고 쓸지 고민을 하다 '슬릭에게'라고 시작해보았습니다. 제게 '○○님'은 인터넷을 기반으로 한 관계에서 시작된 유행성 호칭 같은 느낌이 듭니다. 저도 '○○님'을 자주 쓰긴 하지만 글자로만 보던 '헐~'이나 '꾜―'를 소리내서 말할 때 돋는 소름의 기운이 살짝 느껴지기에 앞으로의 편지에서 슬릭 뒤에 '님'을 붙이는 걸 지양해볼까 합니다. 반면 '○○씨'는 제가 '○○님'보다 훨씬 자주 쓰는 호칭인데요, 요즘 사회에선 '○○씨'라고 부르는 게 그닥 긍정적인 뉘앙스로 들리는 것 같지 않습니다. 제가 "○○씨"라고 불렀을 때 상대방이 '잉?' 하고 뜨악해하는 분위기를 느낄 때가 종종 있습니다. '○○쌤' '○○ 선생님'이라 부르는 것도 인터넷 유행의 영향이 아닌가 싶은데, 맞나요? 사실 잘 모릅니다. 아무튼 호칭을 고민하다 '슬릭에게'로 시작하게 되었다는 이야기가 이렇게 길어졌습니다.

제 프로필에 매번 빼놓지 않고 쓰는 문장이 있습니다. "이랑은 본명이다"라는 문장입니다. '이랑'을 활동명이라 생각하는 분들이 많고, 그래서인지 대부분 저를 처음 만날 때부터 '이랑'이라고 부릅니다만, 그 소리가 제 귀에는 "이랑!!"이라고 들립니다. 어린 시절, 부모님이

나 선생님이 혼낼 때마다 격앙된 목소리로 "이랑!!"이라고 불렀던 걸 기억하기 때문일까요? 어른들은 화가 나면 꼭 애들 이름을 풀네임으로 부르더군요. 어른들이 왜 그랬던 건지는 여전히 모르겠습니다. (언젠가 코미디언 김신영님이 방송에서 경상도 어머니가 아이를 꾸짖는 흉내를 낸 장면이 생각나네요. "김↗신↘영↗ 왜 떡을 찌르지?")

제 어린 시절 친구들은 활동명이라는 것의 존재도 의미도 몰랐기에 성은 '이', 이름은 '랑'인 제 이름을 부를 때 다들 "랑아" 혹은 "랑이야" 하고 불렀습니다. 적은 수의 관객 앞에서 (무료로) 노래를 부르기 시작한 20대 중반 이전까지 저는 줄곧 "랑아" "랑이야" 하고 불렸지요. 이후 가수, 작가로 활동해나가기 시작하자 모두들 약속한 듯 저를 "이랑!"이라고 부르기 시작했습니다. 랑이의 음악은 '이랑 1집'이 되었고, 랑이의 글은 '이랑 에세이'라는 이름이 붙었지요. 왜 자연스럽게 풀네임으로 불리게 된 건지 저도 잘 모르겠습니다. 한국 사회에는 '두 글자 이름=활동명'이라는 고정관념이 있는 걸까요? 그러고 보니 슬릭의 활동명도 두 글자군요! (왜 두 글자로 지었나요?)

휴학을 최대한 길게 하면서 7년 반 동안 꾸역꾸역 머

물던 대학을 졸업하고, 꼼짝없이 사회인이 된 이후 저를 "이랑!"으로 부르는 사람은 더욱 많아졌습니다. 다정하게 "랑아" "랑이야"라고 부르던 어린 시절 친구들은 점점 사라져가고, 일로 엮인 관계가 많아졌습니다. 이제는 "이랑!"이라고 불리는 것에 익숙해질 법도 한데, 여전히 들을 때마다 혼나는 기분이 듭니다. 일을 하면 할수록 자주 혼나는 것 같은 이 아이러니한 기분을 어쩌면 좋을까요?

그러고 보니 슬릭이 첫 편지에서 얘기한 한국대중음악상 시상식에서도 "이랑!!"이라고 불려 무대로 나갔네요. 일하는 동안은 항상 '이랑'으로 불렸기에, 그날 그 무대에서 트로피를 경매한 것도 '랑이'가 아닌 '이랑'일 겁니다. 이랑이 시상식 무대에 오르기로 한 날 아침, 랑이는 이런저런 고민에 빠져 있었습니다. 후보에 올랐다는 소식을 처음 들었을 때, 저는 '상금이 얼마인지'가 무척 기대됐습니다. 제 주변에 있는 소득이 불안정한 예술인들이 가끔 상을 타고 수백만 원에서 천만 원까지 되는 상금을 받아와 맛있는 걸 사줄 때 즐겁게 얻어먹었던 기억이 있기 때문입니다. 저에게도 어쩌면 단 한 번의 상금 찬스가 찾아온 게 아닐까 생각하니 두근두근했습니다. 아시다시피 절대 관객 수가 정해진 한국 인디 신에서 싱어송라이터로 음악만 하면서 먹고살기란 무척 어렵기에, 어쩌면 인생 단 한 번일지도 모를 상금에 거는 기대가 더욱 컸습니다. 제가 홍대 신에서 막 활동을 시작하며 만났던 주변 인디 뮤지션들과 '무한도전 가요제'에 나가서 빵— 떠보자는 이야기를 농담반 진담반으로 나눴던 기억이 납니다. 십센치나 장기하와 얼굴들이 무한도전 가요제에 나온 모습을 보며 '어쩌면 다음에는 내가 불려갈지도 몰라……' 하며 은근히 기대를 했던 것 같습니다. 지금은 그런 생각을 했다는 걸 여기에 쓰는 게 너무 부끄럽습니다……

결국 무한도전 가요제는 없어졌고, 한국대중음악상에는 상금이 없다는 것도 뒤늦게 알게 됐습니다. 그때부터 저는 '상이란 무엇인가'에 대해 고민하기 시작했습니다. 그동안 TV에서 본 시상식에서 수상자들은 트로피와 꽃다발을 받고 눈물을 흘렸죠. 수상하지 못한 후보들은 화면에 크게 잡히는 표정에서 아쉬움을 조금이라도 내비치지 않기 위해 시종일관 미소를 지었고요.

그들에게는 상금이 있었을까?

상금이 없어도 작품 활동을 하는 데 어려움이 없는 사람들일까?

'명예'라는 걸 얻게 되면 저렇게 눈물이 쏟아질 정도

로 벅찰까?

　트로피는 그 자체로 명예를 상징하는 걸까?

　명예는 앞으로 내가 먹고사는 데 얼마나 도움을 줄 수 있을까?

　한국대중음악상 후보자로 올랐다는 소식을 들은 날부터 수상 여부는 모르지만 시상식에 갈지 말지 정해서 대답해야 하는 날까지 질문이 끊이질 않았습니다. 사람들은 상금이 없는 상을 받기 위해 어떤 마음으로 시상식에 가는지, 무엇을 입을 것이며(옷을 사? 말아?) 시상식장 위치는 어디고 거기에 갈 때 뭘 타고 가야 하는지(버스? 전철? 역에서 가깝나?), 상을 못 받으면 그날 내가 날린 기회비용은 어쩔 것이며(그날 벌 수 있는 다른 소득이 뭐가 있을까?) 상을 받게 되면 어떤 말을 할지, 사실 상금을 무척 기대했다는 것을 말할지 말지, 고민과 질문은 늘어만 갔습니다. 상금 얘기를 꺼내면 '넌 왜 돈 얘기만 하느냐'는 말을 또 들을 것 같아, 내가 왜 돈 얘기를 또 하는지 뒷받침할 수 있는 근거도 찾아보았습니다. 그런저런 모든 생각의 과정 끝에 슬릭이 그날 객석에서 '아니, 어떻게 저럴 수가 있지?'라고 생각한 이랑의 퍼포먼스가 완성되었네요. 생각해보니 힙합 뮤지션 중에는 돈 얘기를(주로 돈

자랑이지만) 하는 분들도 많네요. 저는 앞으로 힙합 뮤지
션이 돼서 돈 얘기를 하면 좋을까요?

요즘 하고 있는 여러 가지 일 가운데, 편지 쓰는 일을
가장 좋아합니다. 편지의 특성일까요. 일이면서 일이 아
닌 것 같은 착각에 빠져 글을 편하게 쓸 수 있습니다. 편
지를 쓸 때는 랑이와 이랑이 뒤섞여 글을 쓰게 됩니다. 일
하지 않을 때 랑이는 수첩에다 일기를 씁니다. 일하는 날
이 너무 많아 일기를 자주 쓰지는 못하지만, 일기를 쓸 때
만은 '이랑'은 어딘가로 사라집니다. 랑이의 일기 내용은
'괴롭다, 슬프다, 외롭다, 죽고 싶다'가 대부분이고, 같은
내용을 수년간 반복해서 쓰고 있습니다. 반면 이랑의 글
은 시기마다 주제도 바뀌고, 문체도 바뀝니다.

대재난 시대에 살고 있는 두 여성 예술가가 앞으로
어떤 편지를 주고받을지 무척 기대됩니다. 직접 참여하고
있으면서도 기다려지고 기대되는 신기한 일이네요. 요즘
저는 종일 작업실에서 이런저런 업무를 보다 집에 돌아가
매일 재난영화를 한 편씩 찾아봅니다. 슬릭이 편지에서
이야기한 것처럼, 결국 인재인 기후위기와 재난을 다루
는 영화는 차고 넘치게 많더군요. 수십 년 전부터 지금까
지 재난영화가 꾸준히 이야기하는 주제는 '이 모든 재난

은 인간 때문에 벌어진 것이고, 지금이야말로 무언가 바꿀 수 있는 마지막 기회다'라는 생각을 했습니다.

며칠 전 메일함에서 안 읽은 메일들을 정리만 해도 이산화탄소를 줄일 수 있다는 글을 보았습니다. 메일 송수신에 상당한 전력 소비가 따르고, 메일을 저장하는 데이터센터 클라우드에서 엄청난 이산화탄소를 배출한다더군요. 컴퓨터는 자동차처럼 연기를 내뿜지 않기에 뭔가를 태워 움직인다는 걸 깨닫기 어려울 뿐이라고요. 하루에도 수십 번 메일함을 들여다보고, 매일 아침에 자동으로 배달되는 뉴스레터들을 몇 종류나 구독하고 있는 저의 머리를 때리는 글이었어요. 자기 전 휴대폰과 아이패드를 충전하고, 일어나 작업실에 가서 노트북과 모니터, 에어컨과 선풍기, 종이분쇄기와 마사지 의자에까지 전기를 끌어다 쓰고 있는 제가 오늘 기후위기를 위해 무엇을 할 수 있을까요.

슬릭의 비건 생활에 대해서도 찬찬히 이야기를 듣고 싶습니다.

2020년 8월 28일

이랑 드림

또한 이름이 두 글자인 슬릭에게

슬
릭

×

고양이와 대화할 수 있다면

×

이
랑

언젠가부터 제 이름 뒤에 붙는 호칭들에 위화감을 느낀 지 조금 되었습니다. 그러고도 다른 사람의 이름에는 남사스러운 호칭을 잘도 붙이고 다녔다는 생각이 드는군요…… 제가 가장 좋아하는 호칭은 '선생님'이지만 '슬릭 선생님'이라는 말을 들을 때마다 그 호칭이 발화된 입으로부터 가장 멀리 떠나고 싶은 기분이 드는 것도 사실입니다. 그래서 오늘은 이랑'님'이 아닌 '랑이'로서 이 편지를 읽어주신다면 어떨까 싶어 이렇게 시작해봅니다. (그러나 제 안의 유교걸은 좀 자제하라라네요.)

저는 '이랑'이라는 이름을 가진 사람이라면 '이랑'이 아닌 이름을 가진 사람보다 예술가가 될 가능성이 높을 것 같다고 막연히 생각합니다. 일단 외자 이름이잖아요. 사람의 이름은 웬만하면 두 글자로 통일하려는(그래서 제 친구 남메아리는 친구들에게 "메알아"라고 불린다네요) 분단국가에서 한 글자 이름이 가진 고고함은 너무 예술적이에요. 물론 다른 직종에 종사하는 외자 이름 가진 분들 모두 적성에 맞고 행복하게 일할 수 있는 직업을 가졌길 바랍니다. 게다가 이름을 이루는 모든 자음이 울림소리인 것도, 그래서 발음할 때 입안에서 부드럽게 흘러나가는 것도 아주 예술적이라고 생각합니다. "랑아" "이랑아"라고 입에서 발음하고 나면 그다음엔 거칠고 나

고양이와 대화할 수 있다면

쁜 말이 올 수 없을 것만 같아요. 가사를 붙여 노래하는 사람들이 대부분 그렇겠지만, 단어들이 입에서 빠져나갈 때 각자 고유한 느낌이 있다고 생각하는데, 그중에서도 '이랑'이라는 단어는 부드럽고 아름답게 발음되면서도 흔치 않은 이름이라 독특합니다.

사실 이 편지를 쓰는 동안 우리집 고양이 중 한 마리를 잃어버렸어요. 이름은 또둑이, 다섯 살쯤 된 고양이입니다. 계속 찾다가 지금은 아무것도 할 수 없어 이렇게 편지를 씁니다. 밖에 비가 많이 오는데 어디서 떨고 있을지 너무 걱정돼요. 왜 하필 오늘일까요. 왜 하필 태풍이 찾아온 지금 우리 고양이를 잃어버렸을까요. 자책은 고양이 찾는 데 아무 도움도 안 되지만, 안 할 수도 없어 괴롭네요. 이렇게 어두운 이야기를 편지에 적어 죄송합니다.

또둑이는 처음부터 저랑 같이 산 친구는 아니에요. 3년 전쯤 지금의 룸메이트와 집을 합치면서 함께 살게 되었습니다. 저는 그전에는 동물을 키워본 적이 거의 없어서, 처음에는 인간이 아닌 다른 동물과 라이프사이클을 맞추기가 너무 힘들었어요. 이기적인 생각이지만 제가 원해서 함께 살게 된 것도 아니어서 적응 기간이 더 길었던 것도 같아요. 그래도 이제는 정말 한 가족이 되었고 하루에도 몇 번씩 몇 년째 사랑한다고 말해줬는데, 이제 다시 그럴 수 없다고 생각하니 너무 슬픕니다.

고양이와의 이별을 아예 생각하지 않았던 건 아니에요. 고양이와 함께 누워서 '언젠가는 이별이 올 텐데 어떻게 받아들여야 할까' '내가 우리 고양이들과의 이별을 받아들일 수 있을까' 하는 생각을 종종 했는데, 또둑이를 잃어버릴 거라고는 생각지도 못했어요. 늘 저와 룸메이트에게 껌딱지처럼 찰싹 달라붙어 있는 고양이였거든요. 어젯밤에는 그러지 않길래 가끔 혼자 작업실에서 자던 것이 생각나 그냥 넘겼는데, 정말로 정말로 그러지 말았어야 했나봐요.

사실 아직은 또둑이의 부재가 크게 실감나지 않습니다. 그냥 기분이 멍하네요. 어쩌면 진짜로 잃어버린 게 아니지 않을까, 고양이니까 어디 잘 숨어 있다가 뿅 나타나지 않을까 하는 어리석은 기대가 이어지기도 하고요. 그래서 SNS에 고양이를 찾는 글을 올렸습니다. 같이 사는 고양이 하나 잘 돌보지 못한다고 누군가 질책할까봐 겁도 나고(실제로 그렇기도 하니까요) 그동안 저를 싫어하던 사람들이 이 기회를 틈타 저를 더 괴롭힐까봐 무섭습니다. 그렇지만 이 두려움은 지금 어딘가에서 떨고 있을 또

고양이와 대화할 수 있다면

둑이의 두려움보다는 훨씬 하찮은 것이겠지요. 마음을 다 잡고 또 다잡습니다.

여기까지 쓰고 또 한참 찾아다니다가 다시 편지를 쓰러 앉았습니다. 잃어버린 지 이틀째고 아직 또둑이를 찾지 못했어요. 마음이 타들어갑니다. 이런 스트레스를 간접경험하게 하고 싶지는 않았는데, 이렇게 글이라도 쓰지 않으면 아무것도 할 수 없을 것 같아 미련하게 적고 있습니다. 몇 주 전 시간을 함께 보낸 이랑님의 고양이 준이치 생각이 나네요. 잃어버린 우리 고양이도 준이치와 비슷한 무늬예요. 이런 무늬는 참 흔해서 오늘도 몇 마리 본 것 같습니다. 우리집 고양이들은 한국에서 가장 흔한 치즈태비와 턱시도(젖소라고도 부릅니다)여서 잃어버리면 더 큰일나는 애들이라는 걸 잃어버리고 나서야 절절히 깨닫는 중이에요. 꼭 찾게 되길 빌고 또 빕니다.

고양이와 대화할 수 있다면 얼마나 좋을까요. 왜 인간은 아직까지 다른 종의 생물과 의사소통하는 방법조차 알지 못하는 걸까요. 생각해보니 인간끼리도 말이 통하지 않는 세상인데, 거기까지는 아주 한참이나 남은 것 같아 아득하네요. 동물과 함께 사는 사람이라면 한 번씩 이런 생각을 하겠죠. 저도 종종 '우리 고양이들과 딱 한마디씩

서로 알아듣게 주고받을 수 있다면 나는 무슨 말을 건넬까? 고양이는 나에게 무슨 말을 할까?' 하고 생각했습니다. 제가 고르고 고른 한마디는 "아픈 데 없어?"였고요, 고심해본 결과 고양이들은 제게 "아픈 게 뭐야?"라고 되물을 것 같습니다.

고양이를 찾아 헤매면서 느낀 점이 또하나 있습니다. 인간은 정말 인간 외의 다른 동물들에게는 아주 조그만큼의 관심도 호의도 없는 주거형태를 구축해왔다는 것입니다. 특히 제가 사는 재개발 구역은 더더욱 그렇습니다. 숨을 곳이 많아 길고양이가 많이 살지만, 언제 어떻게 허물어질지 모르는 집들과 골목, 아무렇게나 방치된 위험한 쓰레기들을 보다보면 같은 인간이지만 인간의 역함을 견딜 수 없습니다. 아마 이런 사고가 없었다면 저 역시 영영 깨닫지 못했을 수도 있겠습니다. 그리고 서울은 해가 갈수록 인간만이 살 수 있는 공간으로 변해가는 것 같기도, 인간도 살 수 없는 곳으로 변해가는 것 같기도 합니다.

떠오르는 생각이 너무 많지만 이쯤에서 편지를 줄일까 합니다. 다음 편지에서는 무사히 또둑이를 찾았다는 소식을 꼭 전해드리고 싶어요. 답장을 쓰면서 부디 저만큼의 걱정은 담지 않으시길 바랍니다.

2020년 9월 4일

슬릭 드림

고양이와 대화할 수 있다면 얼마나 좋을까요.

왜 인간은 아직까지 다른 종의 생물과

의사소통하는 방법조차 알지 못하는 걸까요.

이
랑

×

준이치가 불편한 게 `나´면 어떡하지

×

슬
릭

또둑이. 또둑이 이름은 '도둑'과 관련이 있을까요. 보내주신 편지를 읽고 또둑이를 상상하며 또둑이 이름을 몇 번이나 반복해 불러보았어요. 또둑이는 지금 어디를 걷고 있을까요. 혹은 어디서 쉬고 있을까요. 또둑아.

저와 함께 사는 고양이 준이치(15세)는 약 10년 전, 2박 3일 동안 집을 떠난 적이 있습니다. 당시 저는 준이치와 함께 대학교 동아리방에서 살고 있었습니다. 대학에 들어가자마자 가입한 '전자음악동아리'(큭⋯⋯)에 배정된 동아리방이었지요. 보증금을 댈 만한 돈도, 월세를 낼 만한 돈도 없었기에 학교에서 사는 게 최선이자 유일한 방법이었던 것 같습니다. 학교는 서울에 있고 부모님 주소지는 경기도여서 멀리 지방을 주소지로 둔 학생들에게 밀려 기숙사에 들어갈 순번은 되지 않았습니다. 동아리원들이 다 제 친구였기 때문에, 저는 동아리방에서 편안히 살림을 시작할 수 있었습니다. 동아리방은 학교 본관에서 조금 떨어진 2층짜리 건물에 있었고, 열쇠도 따로 없어 누구나 문을 열고 들어올 수 있는 그 방에서(지금 생각하면 무슨 배짱이었는지 모르겠어요) 꽤 오랜 시간 준이치와 함께 살았습니다. 학교 샤워실에서 씻었고, 학교 식당에서 밥을 먹었고, 학교 카페에서 커피를 마셨고, 학교 도

준이치가 불편한 게 '나'면 어떡하지

서관에서 책을 보았지요. 누군가 세탁기를 기부해줘서 동아리방 건물 남자화장실에 설치해두고 잘 썼습니다. 제가 살던 방은 학교 건물을 청소하시는 아주머니가 일주일에 몇 번 물걸레 청소를 해주셨어요. 지금 생각하니 참 좋은 시설에서 잘 지냈네요. 열쇠는 없었지만요.

일주일에 몇 번 만나는 청소 아주머니는 준이치를 귀여워하셨습니다. ("나비야~ 나비야~"라고 부르셨던 기억이 납니다.) 어느 날은 제가 수업에 간 동안 아주머니가 청소하시다 방안에만 쭉― 있는 준이치를 가여이 여겨 방문을 열고…… (안 돼!!!!!) 바깥 구경을 할 수 있는 자유를 주셨죠. 가끔 제가 건물 현관이 닫힌 걸 확인하고 준이치와 복도에 나와 놀 때가 있었거든요. 아주머니는 그 모습을 기억하고 그날 준이치에게 문을 열어주셨던 것 같아요. 하지만 그날따라 건물 현관은 닫혀 있지 않았답니다. 수업을 마치고 돌아오니 방문이 살짝 열려 있고 준이치가 온데간데없기에 건물 어딘가를 청소하던 아주머니에게 여쭤보니, 흔쾌히(?!) 대답해주셨죠. 복도에서 놀게 문을 열어주었다고요. 하지만 제가 건물 현관이 열려 있다는 것을 이야기하자…… 그뒤로는 잘 기억나지 않네요. 왜냐하면 그때부터 저는 완전히 패닉 상태에 돌입했기 때문입니다.

먼저 학교 건물 주변을 살피기 시작했고 트위터(저는 어느새 트위터를 10년이나 썼나봅니다……)에 소식을 올린 후 제보를 기다렸습니다. 학교와 가까운 한국외대 근처에서 준이치를 봤다는 제보가 들어오면 손전등을 들고 뛰어나갔죠. 낮밤도 없이 울다 찾다를 반복했습니다. 밥맛도 없었지만 찾으러 다녀야 하니 기운을 내려고 김밥을 우걱우걱 씹어 먹었지요.

중간에 한 번 멀리서 준이치를 발견한 적도 있습니다. 그때 준이치는 다른 고양이들과 함께 어딘가로 달려가는 중이었어요. 제가 그 모습을 발견하고 큰 소리로 이름을 불렀는데요. 준이치는 멈칫하고 저를 한 번 돌아보더니 곧 다른 고양이들을 따라 가던 방향으로 달려가버렸습니다. 준이치를 포함한 몇 마리 고양이가 커다란 담장 밑에 뚫린 구멍 속으로 쏙쏙 사라지고, 뒤늦게 그 구멍 앞으로 달려간 뒤 왜 내 몸뚱이는 자유자재로 사이즈가 변하지 않는지 억울해하며 망연자실할 수밖에 없었습니다. 2박 3일 중, 딱 한 번 준이치를 마주쳤던 그날이 여전히 강렬한 기억으로 남아 있습니다. 준이치는 밖에서 만난 친구들과 무척 재미있었던 걸까요.

쭉 재미있게 지냈다면 그거대로 다행이었겠지만, 3일째 되던 날 새벽, 준이치가 언제든지 들어올 수 있게 문을 반쯤 열어놓고 자던 중 제 귀에 사부작사부작 누군가 방으로 들어오는 소리가 들렸습니다. 일어나보니 준이치는 바닥에 시꺼먼 발자국을 여기저기 찍어놓고 방안에 들어와 태연히 밥을 먹고 있었습니다. 살금살금 일어나 준이치가 재가출하지 못하게 문을 슬쩍 닫고 나서 찬찬히 모습을 살펴보니 3일 전에 비해 2~3킬로그램은 족히 빠져 보이는 앙상한 몰골에(사실 준이치는 8킬로그램이었기 때문에 2~3킬로그램이 빠져도 앙상하지는 않았을 겁니다) 얼굴 여기저기에 긁히고 다친 상처가 많았습니다. 특히 코 주변에요. 그때 함께 뛰어가던 다른 고양이들이 어디선가 준이치를 한데 몰아넣고 신나게 팬 걸까요? 팰 거였으면 왜 그렇게 다 같이 신나게 뛰어갔던 걸까요? 지금도 미스터리로 남아 있습니다.

준이치가 돌아온 이후 저도 청소 아주머니도 더욱 조심하며 현관을 잘 닫고 다녔습니다만, 만약 그때 준이치가 영영 돌아오지 않았다면 저는 청소 아주머니와 어떻게 지냈을까요? 어쨌든 그 공간에서 계속 마주쳤을 테니, 평생을 미워하며 인사도 없이 눈을 내리깔고 아주머니를 무시했을까요? 제 성격이면 그러지 못했을 것 같고, 왠지 아주머니와 한바탕 울고불고하며 서로의 사정과 이야기를 주고받은 뒤 계속 친하게 지냈을 것 같아요. 고양이를 잃어버린 데 책임이 있는 청소 아주머니와, 아주머니가 청소해주는 학교 건물에서 몰래 고양이를 키우며 살던 학생이 울고불고 싸우다 화해하는 단편영화 시나리오를 쓰고 싶네요. 그 영화에 준이치가 나온다면, 준이치는 왠지 다른 친구들과 계속 신나게 뛰어다니는 모습으로 등장하겠네요. (얘들아, 제발 준이치를 때리지 마.)

슬릭이 편지에서 얘기한 '딱 한마디만 서로 알아듣게 주고받을 수 있다면 무슨 말을 할까?'에 대해 저도 15년간 정말 많이 생각했어요. 수많은 대사를 생각해봤지만 제 입장에서 말고, 준이치 입장에서 생각해보면 꼭 듣고 싶은 말이 있어요. 바로 "아파"라는 말이에요. 그간 준이치가 아픈 걸 제때제때 빨리 캐치하지 못했던 저로서는, 준이치가 그 말 한마디만이라도 해줬으면 좋겠어요. 그럼 준이치가 혼자 아파하는 시간이 조금이라도 줄어들겠죠?

편지를 받기 얼마 전에도 '준이치에게 듣고 싶은 한마디'에 대해 제 파트너와 이야기한 날이 있어요. 그는 한참 생각하더니 준이치가 "불편해"라는 말과 "좋아"라는 말 두 마디를 했으면 좋겠다고 하더라고요. "불편해"라고 하면 몸이든 마음이든 어디가 불편한지 열심히 찾아서

준이치가 불편한 게 '나'면 어떡하지

개선하고, 개선한 방향이 준이치 마음에 들면 "좋아"라는 말로 확인받고 싶다고 하네요. 근데 좀 있다가 파트너가 이렇게 말하더라고요.

"근데, 준이치가 불편한 게 '나'면 어떡하지?"

그 말을 듣고 잠시 골이 띵했습니다. 준이치는 과연 나랑 살고 있는 것에 대해 어떻게 생각할까. 요즘 저는 어느 잡지사의 의뢰로 준이치가 화자인 에세이를 연재하기 시작했습니다. 준이치를 화자로 이야기를 쓰다보니 이 질문에서 점점 더 헤어나오지 못하는 것 같아요. 준이치는, 지금 행복할까요? 아플까요? 불편할까요? 좋을까요?

2020년 9월 10일

이랑 드림

저와 함께 사는 고양이 준이치(15세)는

약 10년 전, 2박 3일 동안 집을 떠난 적이 있습니다.

당시 저는 준이치와 함께

대학교 동아리방에서 살고 있었습니다.

슬
릭

×

준이치와 랑이에게

×

이
랑

또둑이 이름은 제가 지은 것은 아닙니다. 룸메이트가 저와 함께 살기 전부터 키우던 고양이예요. '또둑이'라는 이름은 예상하신 대로 도둑과 관련이 있는데요, '밥도둑'에서 따왔다고 합니다. 밥도둑을 소리나는 대로 적으면 '밥또둑'이잖아요. 그래서 또둑이라고 합니다. 룸메이트는 이 이름을 굉장히 부끄러워해요. 그래서 예전엔 동물병원에 가면 종종 이름을 다르게 기재했다고 합니다. 또 한 마리의 고양이는 '인생이'인데, 이 이름도 굉장히 부끄러워합니다. 저는 왜 부끄러워하는지 잘 모르겠어요. 세상에 하나뿐일 것 같지 않나요?

제가 이렇게 태연하게 글을 쓸 수 있는 건, 다행히 또둑이를 찾았기 때문입니다. 걱정해주셔서 감사해요. 잃어버린 지 9일 만에 집으로 돌아왔고, 지금은 제 옷더미 속에서 쿨쿨 잘 자고 있습니다. 생명에 큰 지장이 있는 건 아니지만 궁둥이 쪽을 좀 다쳐서, 넥카라*를 하고 있어요. 저는 넥카라 한 또둑이를 볼 때마다 마음이 참 아파요. 또둑이는 인생이보다 넥카라를 훨씬 더 많이 찼거든요. 인

---

* 고양이가 배나 다른 곳을 핥지 못하도록 목에 씌워주는 확성기처럼 생긴 기구.

준이치와 랑이에게

생이는 또둑이한테서 나는 냄새가 싫은지 아직 좀 경계중입니다. 얼른 다시 친해졌으면 좋겠어요. 또둑이가 가출하기 전에는 둘이 엄청 친했거든요.

또둑이를 잃어버리고 저와 룸메이트는 바로 고양이탐정을 불렀습니다. 잃어버린 고양이를 탐문 수색해서 찾아주는 전문 탐정인데요. 그분과 같이 몇 시간을 한참 열심히 찾고 있는데 옆집 아주머니께서 또둑이를 보았다고 하셨어요. 아침에 집 앞을 청소하려고 대문을 열었을 때, 옆 화단 쪽에 검은 고양이가 숨어 있더래요. 고양아, 불러봐도 꿈쩍 않길래 그냥 두고 빗자루를 꺼내들었는데, 또둑이는 그 빗자루가 너무 무서웠나봐요. 화들짝 놀라서 도망가더랍니다. 고양이 탐정단과 우리는 또둑이가 그 집지붕에 숨어 있을 것이라 생각해서 열심히 뒤졌는데, 그말을 들으니 집 근처에 있을 것 같지는 않았습니다. 가슴이 철렁 내려앉았어요. 고양이는 집을 나가면 대부분 집안이나 바로 근처에 숨어 있기 때문에 몇 시간 안에 찾아내는 일이 흔하다는데, 또둑이는 일단 집 근처에서 쫓겨났으니 며칠이 걸릴 수도 있다고 하더라고요. 그날부터는 모든 일상을 멈추고 또둑이를 찾는 데 전력을 다했습니다.

해질녘, 자정, 동틀녘. 하루에 세 번 한 시간 정도씩

동네를 뒤졌습니다. 또둑이 이름을 천 번은 부른 것 같아요. 인생이 울음소리도 녹음해서 틀고 다녔습니다. 다묘가정에서는 그렇게 동거고양이 울음소리에 반응하는 친구들도 있다고 해서요. 또둑이는 한 번도 대답하지 않았습니다. 대신 아주 귀여운 길고양이들이 대답을 참 잘해주더라고요. 덕분에 우리 동네에 어떤 고양이들이 살고 있는지 빠삭해졌습니다. 또둑이를 만나면 주려고 간식까지 넉넉히 챙기고 다녔으니, 저는 길고양이들에게 인기가 참 많아졌어요.

우리집은 아주 낡은 다세대 주택이라 경비원도 없고 CCTV 같은 것도 없습니다. 사실 집 주변에 가로등도 몇 개 없어요. 게다가 재개발 구역이라 빈집도 많고, 고양이가 숨을 곳이 너무 많아서 어디를 어떻게 수색해야 할지 정말 어려웠습니다. 주변 아파트 CCTV에 찍혔을까 몇 번 가서 보기도 하고, 구청에서 관리하는 CCTV에 찍혔는지 문의를 넣기도 했습니다. 또둑이는 어디에도 찍히지 않았더라고요. 하필이면 태풍이 두 번 연속으로 들이닥친 때였어요. 붙여둔 전단지는 다 젖고, 마음은 점점 타들어갔습니다. 고양이 탐정에게 열심히 혼나가며, 계획된 일정들을 다 미루며 수색을 이어나갔습니다. 탐정님은 좀 너무하다 싶을 정도로 혹독하게 우리를 혼내더라고요. 물론 고양이를 잃어버린 것은 우리 잘못이 맞지만, 당장 고양이를 찾으러 다녀야 하는데 많은 에너지를 그분에게 혼나는 데 써버리는 것 같아서 두세 배는 더 힘들었습니다.

7일째 되던 날, 평소 다니던 수색경로를 거꾸로 돌아보기로 했습니다. 그 전날 마지막으로 수색했던 아파트단지에 동이 트면 쓰레기차가 오더라고요. 시끄러운 쓰레기차 때문에 돌아다니던 또둑이도 숨을 것 같아 더 이른 시간에 아파트단지부터 돌아보자고 생각했습니다. 그리고 수색에 들어간 지 10분 만에 또둑이를 만났습니다. 손전등으로 여기저기 비추며 아파트 옆 화단을 살펴보는데, 갑자기 짜잔! 하고 또둑이가 나타났어요. 우리가 목놓아 이름을 불러도 대답은 안 하고, 그냥 얌전히 앉아 있더라고요. 저와 룸메이트는 엄청 놀랐지만 침착하게 또둑이 앞에 먹이를 내려놓았습니다. 그런데, 이런. 또둑이는 우리를 물끄러미 보더니 다시 어둠 속으로 슉 사라졌어요. 막 놀라거나 겁나 보이지도 않았습니다. 우리는 당황했지만 일단 위치가 파악되었다는 사실 하나만으로 너무 기뻤습니다. 탐정님에게 전화해보니 어차피 그렇게 가버린 고양이는 다시 나오지 않을 거라고, 내일 덫을 놓아 잡아야 한다고 해서 그날은 그냥 집으로 돌아왔습니다. 또

둑이가 잘 있다는 사실에 마음이 놓이면서도 집으로 함께
오지 못해서 아쉽고 슬펐어요. 제가 평소에 얼마나 별로
인 동거인이었을까요. 불러도 대답도 안 하고…… 보고
싶지도 않았나봐요. 물론 이런 마음도 굉장히 이기적이라
는 걸 잘 압니다. 또둑이를 찾기 시작하면서 제대로 못 먹
고 못 잔 대가는 고스란히 멘탈에 치명상으로 오더라고
요. 하루에도 몇 번씩 미안함에 눈물이 났다가, 원망스럽
다가, 절망스럽다가 오만 가지 감정이 휘몰아쳤습니다.

　다음날, 탐정님이 덫을 놓았지만 또둑이는 맛있는
밥냄새가 나도 덫으로 들어가지 않았습니다. 해질녘 5시
부터 새벽 1시까지 기다렸지만 수포로 돌아갔습니다. 이
날 밤이 정신적으로 가장 힘들었어요. 이대로 길고양이가
되는 걸까(또둑이는 스트리트 출신입니다), 결국 집으로
돌아오지 못하면 이 사나운 세상에서 어떻게 살아가길 바
라야 하는 걸까. 탐정님은 또둑이가 바깥 생활을 한 지 일
주일이 넘어가는 시점이라 체력적으로 점점 힘들 거라고
했습니다. 엄청나게 배가 고플 텐데 왜 밥을 먹지 않는 걸
까. 걱정과 원망과 슬픔과 후회와 절망 등 모든 부정적인
감정을 껴안고 오지 않는 잠을 청했습니다.

　감사하게도 탐정님도 또둑이를 포기하지 않았어요.
다음날에도 덫을 놓으러 와주었습니다. 그렇지만 오늘이

　　　　　　　　　　　준이치와 랑이에게

덫을 놓는 마지막날이 될 거라고, 오늘 또둑이가 덫으로 들어오지 않으면 내일은 또둑이가 숨어 있는 은신처를 뒤질 거고 그때는 도망가는 또둑이를 강제로 붙잡아야 하기 때문에 쉽지 않을 거라고 했습니다. 저는 제가 할 수 있는 일이 아무것도 없다는 사실이 가장 괴로웠습니다. 평소엔 믿지도 않던 모든 신을 소환해 제발 우리 또둑이가 덫으로 들어와주기를 비는 수밖에 없었어요. 그렇게 기다리기를 약 다섯 시간, 탐정님이 빨리 밖으로 나와보라고 전화를 걸어왔습니다. 저는 최대한 빨리 나가려다가 신발장 위에 있던 꽃병을 깨뜨렸어요. 헐레벌떡 나가보니 또둑이가 다행히도 덫 안에 잡혀 있더라고요. 온몸에는 습식 사료가 뒤범벅이었지만 그리 놀라 보이지는 않았습니다. 마치 '왜 이렇게들 요란이지' 하는 표정이었습니다. 그렇게 또둑이는 9일 만에 집으로 돌아왔어요.

탐정님은 또둑이가 좀 진정되면 병원에 데려가보라고 했지만, 몸을 살피던 도중 엉덩이에 있는 큰 상처를 발견해버렸습니다. 바로 24시간 동물병원에 데려갔어요. 의사선생님은 진찰하더니 그렇게 응급한 상처는 아니라고, 내일 다니던 동네병원에 가서 꿰매도 괜찮을 것 같다고 하셨습니다. 병원에 온 김에 몸무게도 재봤는데, 집을 나가기 전이랑 정확히 같은 몸무게였습니다. 분명 손으로 쓰다듬어봤을 땐 야윈 것 같았는데, 미스터리였어요. 다행히 그 외에 생명에 지장을 줄 만한 큰 상처나 병은 없었습니다. 편지를 쓰는 지금은 엉덩이 상처도 잘 꿰맸고 제 옆에서 야무지게 식빵을 굽고 있네요.

고양이를 잃어버려보니 깨달은 것이 너무나도 많습니다. 23(헉, 방금 우리집 큰고양이가 갑자기 키보드 위로 올라오더니 이런 숫자를 남기고 갔습니다. 뭔가 행운의 숫자인 것 같아 수정 없이 적어놓을게요.) 우선 돈이 없으면 반려동물을 키우지 말아야 한다는 말에 절절히 공감했습니다. 반려동물이 아플 때 병원비가 없어 비참할 수도 있지만, 이렇게 낡은 동네의 낡은 집에 사는 것도 고양이에게는 치명적인 위험이 된다는 사실을 깨달았어요. 만약 또둑이나 인생이를 이 동네에서 한 번이라도 더 잃어버린다면 그땐 정말로 집으로 다시 데리고 올 자신이 없어요. 그래서 진지하게 이사를 고민하고 있습니다. 이 집에 이사왔을 때는 그저 넓고 싼 집이라 마냥 좋아했는데 말이에요. 또 반려동물로 인해 얻는 기쁨이 무한한 만큼, 함께 살며 느끼는 다른 감정들도 마찬가지로 엄청나게 커다랗다는 것도 알게 되었습니다. 늘 이별에 대한 마음의 준비를 하고 또 하지만 이렇게 갑자기 이별할 수도 있을 거라곤 상상도 못했어요.

　　어떤 존재를 너무 사랑하는 일은, 어쩌면 제가 할 수 있는 일 중 가장 감당하지 못할 일 같습니다.

2020년 9월 25일

슬릭 드림

어떤 존재를 너무 사랑하는 일은,

어쩌면 제가 할 수 있는 일 중

가장 감당하지 못할 일 같습니다.

이
랑

×

'시발 임신했나' 하는 건 저 혼자가 아닌 것 같더군요

×

슬
릭

지금은 새벽 3시 반입니다. 집에서 누워 있다가 잠이 안 오는 시간을 더이상 견디기가 힘들어 좀전에 작업실에 왔습니다. 올해는 불면증도 불면증이지만 잠이 들어도 오래 자지 못해서 무척 괴롭습니다. 불면증과는 꽤 오랜 인연을 유지하고 있습니다만, 이렇게 자다 깨다 하는 건 새로운 증상이라 이걸 뭐라고 부르면 좋을지 고민중입니다.

가끔 새벽에 작업실에 옵니다. 파트너와 싸워서 답답할 때나 잠을 청하고 또 청해도 소용이 없어 화가 나면 이렇게 작업실로 오는 것 같습니다. 대부분 답답한 마음에 나오게 되네요. 예전부터 답답하면 밤중에 집을 뛰쳐나오곤 했습니다. 어릴 땐 집을 나오면 아파트단지 내 놀이터 그네에 앉아 있었어요. 밤늦게 경비 아저씨가 순찰을 돌다 저를 발견하면 꾸짖어 집에 들여보낼 게 뻔했기 때문에, 순찰 시간이 되면 미끄럼틀 위에 올라가 숨었습니다. 경비 아저씨도 피할 겸, 혹시 저를 찾으러 나올지 모르는 엄마도 피할 겸 미끄럼틀 위에 올라가 가만히 숨죽이고 있으면 재미난 일이 벌어졌습니다. 바로 동네 고양이들이 놀이터에 하나둘 모여드는 것이었지요. 그들에게 놀이터는 거대한 화장실이었을까요? 모래로 가득한 놀이터에 모여든 고양이들은 여유롭게 이곳저곳을 거닐기도 하고, 모래 위를 뒹굴며 무척 행복해 보이는 시간을 보냈습니다. 밤의 놀이터는 고양이들의 것이라는 사실을 알게 된 그날은 무척 슬픈 날이자(슬퍼서 집을 나온 거라서요) 기쁜 날이기도 했습니다.

　대학생이 된 후 처음 제 이름으로 계약한 집은 월세 15만 원짜리 옥탑방이었습니다. 너무나 작고, 춥고, 더운 곳이었지요. 대학에 들어가자마자 만난 연인과 함께 살기 위해 마련한 공간이었지만, 그와 수백 수천 번 다툰 기억만 납니다. 연인과의 싸움이 길어지면 좁은 옥탑방을 뛰쳐나갔습니다. 어릴 땐 집을 나오면 놀이터 미끄럼틀 위에 올라가면 됐지만(거긴 생각보다 안전한 공간이었네요) 제가 살던 학교 앞 옥탑방 근처는 그리 안전하지 않은 공간이었습니다. 답답한 마음에 밤중 혹은 새벽에 집을 나와 골목을 걸으면 이런저런 남자들이 말을 걸어왔습니다. 제게 대기업 명함을 내밀며 '같이 모텔에 가고 싶다'고 하는 사람(미친놈)도 있었고요. 밤 외출이 안전하지 않다는 것을 느낀 이후로는 답답해도 밤에는 밖을 거닐지 않게 되었습니다. 지금도 마찬가지고요. 자전거를 타고 5분이면 도착하는 작업실에나 오지, 밤중에 거리를 걷거나 뛰는 건 여전히 무섭네요.

잠이 오지 않는 시간에 제 머리는 팽팽 돌아갑니다. 강제종료를 해도 도무지 전원이 꺼지지 않는 컴퓨터처럼 동시에 여러 생각들이 펼쳐져 잠이 찾아들 새가 없습니다. 최근 제 머리는 '낙태죄 폐지' 건으로 팽팽 돌았습니다. 며칠 동안 관련 기사나 글을 찾아보다, 마음을 다잡고 제 임신중지 경험에 대한 짧은 글을 SNS에 올렸어요. 한 번도 공개적으로 말해본 적 없는 얘기였는데, 갑자기 '내가 왜 그동안 말을 안 했지?' 아니, '내가 왜 숨겼지?' 하는 생각이 들더라고요. 짧은 글을 올린 뒤, 그때의 기억을 찬찬히 글로 써볼까 하다 슬릭에게 보내는 편지로 써봐야겠다는 생각에 다다랐습니다.

문득, 2년 전 우리가 함께 참여했던 무대가 떠올랐거든요. 언제나 그렇듯 페미니즘 관련 행사였죠. (우리는 페미 행사 4대 천왕 중 두 명이잖아요.) 그때 처음 슬릭과 인사를 나눴네요. 대기실에서 슬릭은 비건 샌드위치를 먹었고 전 논비건 샌드위치를 먹었던 기억이 납니다. 대기실에서 나와 제 앞 순서였던 슬릭의 공연을 신나게 구경했습니다. 흰 멜빵바지를 입은 슬릭이 "이건 내 꺼야!" 하고 랩을 시작하자 관객들이 마구마구 뛰기 시작했어요. 그날 그 행사장에서는 웃통을 깐 여성분들이 꽤 많았습니다. 제 차례가 되어 무대에 섰을 때, 맞은편 객석에서 즐거운 표정으로 상의 탈의를 한(좀더 적절한 표현을 써봅니다) 관객들을 마주보며 노래하다 문득 저도 상의 탈의를 하고 싶다는 생각이 들었습니다. 그 생각을 하며 무대에서 몇 곡을 부르다 결국 중간에 상의를 탈의했죠. 그때 큰 환호를 받았던 게 무척 기뻤던 기억이 납니다.

제가 임신했다는 사실을 알게 된 때는 대학교 3학년 단편영화 워크숍 준비 기간이었습니다. 촬영을 앞둔 터라 시기가 선명하게 기억나네요. 임신 사실을 알았을 때 제일 먼저 든 생각이 '촬영 어떡하지?'였거든요. 15분짜리 짧은 단편영화지만 그 한 편을 만들기 위해 오랫동안 시나리오를 쓰고, 수업을 들으며 글을 고치고, 없는 돈으로 제작비를 마련하고, 주변 사람들에게 연신 부탁해가며 스태프를 꾸려 겨우 준비한 촬영이 코앞이었지요.

당시 연인과는 성관계를 가질 때마다 콘돔을 사용했기 때문에 임신할 거라고는 상상도 못했습니다. 생리 예정일이 지나고도 생리가 시작되지 않고, 가슴이 이상하게 팽팽하기에 불안해하며 임신테스트기를 샀습니다. 결과는 두 줄. 혹시 싸구려 테스트기가 거짓말하는 걸까봐 몇 번 더 테스트기를 써보아도 연달아 두 줄이 나오자 급히 산부인과를 찾았습니다. 규모가 꽤 큰 곳이어서 복도에 길게 늘어선 대기 의자에 무척 많은 산모들이 앉아 있던 기억이 납니다. 배가 잔뜩 부른 여성들로 가득한 공간에서 저는 왠지 부끄러운 감정을 느꼈습니다. 대기실이 아이를 낳을 사람, 낳지 않을 사람으로 나뉘어 있으면 좋겠다는 생각을 했습니다. 저를 진찰한 여성 의사는 임신주수와 초음파사진을 간단히 확인해준 뒤 출산할 생각인지를 물었고, 전 아니라고 대답했습니다. 그리고 아주 빠르게 임신중지수술 날짜를 잡고 병원을 나왔습니다.

난 죄를 짓는 걸까.
이렇게 하루 만에 결정하는 사람도 있을까.
아니 근데 당장 촬영이 있어서 생각할 시간이 없어.
어쩌면 이 일을 평생 후회할까.
이 일을 언젠가 누군가에게 말할 수 있을까.

별별 생각이 들어 잠을 잘 수가 없었습니다. 그때 저는 학교 동아리방에서 살고 있었기 때문에 답답하면 학교 안을 산책하곤 했는데요, 그날도 학교 안을 걷고 또 걸었습니다. (학교 안은 경비원도 있고 그나마 안전했어요.) 제게 연인이 있는지, 성 경험이 있는지 알 리 없는 가족들에게 이 사실을 말할 수 없었기에 동기 중 가장 가까운 다

'시발 임신했나' 하는 건 저 혼자가 아닌 것 같더군요

섯 살 위 언니에게만 소식을 전했습니다.

수술 날짜가 되어 다시 병원을 찾았습니다. 여전히 배부른 산모들로 가득한 긴 복도를 걷는데, 그 누구도 제 걸음을 좋아하는 사람이 없는 망한 패션쇼 런웨이를 걷는 기분이 들었습니다. 아기의 탄생을 축하하는 문구와 파스텔톤 인테리어로 꽉 찬 산부인과는 제게 '분위기 파악하고, 알아서 눈에 띄지 말라'고 말하는 것 같았습니다. 수술대에 오르니 간호사가 숫자 10부터 1까지 거꾸로 세라고 하더라고요. 열, 아홉, 여덟…… 그리고 아무 기억도 안 납니다.

마구 흔들어 깨우는 거친 손길에 눈을 떠보니 커다란 패드가 깔린 팬티가 입혀져 있기에 놀랐습니다. 수술 전 하의를 입지 않았기 때문에 그사이 누가 팬티를 입혀준 걸 텐데, 갑자기 그게 너무 부끄러웠습니다. 간호사가 일어나라고 하도 흔들어대서 수술 기억은 전혀 없는 채로 비틀대며 일어나 지정해준 침대로 가 누웠습니다. 한두 시간 누워 있다 집에 가라고 하더군요. 마취가 풀리기 시작하자 심한 통증이 찾아왔습니다. 생리통과는 전혀 다른 복통에 진통제를 여러 번 맞고도 아파서 엉엉 울었습니다. 계속 심해지는 통증에 정신없이 울면서도 드라마에서 봤던 한 장면을 내내 머릿속에 떠올렸습니다. 혼자 임신중지수술을 받고 비틀거리며 병원을 나오는 어느 여주인공의 모습이요. 그건 말도 안 되는 거짓말이었고, 전 미디어에 큰 배신감을 느꼈습니다. 이렇게 아픈데, 어떻게 혼자 걸어서 나갈 수가 있냐고요. 병원에서는 진통제를 줄 만큼 줬다며 아프다고 울면서 소리치는 제게 조치를 더 취해주진 않았습니다. 수술이 막 끝난 직후였지만 '앞으로 또 임신하면 이 아픈 걸 또 겪어야 하는 건가?' 싶어 언젠가 찾아올 두번째 수술을 미리 상상하며 공포에 떨었습니다. 한두 시간 후 병원을 나설 때는 연인이 집에서 빌려온 차에 기다시피 겨우 들어가 앉았습니다. 학교 작업실에 도착해 동기 언니가 보온병에 담아온 미역국에 밥을 말아 먹었습니다.

이후로도 몇 주간은 계속 배가 아파서 힘을 주지도, 웃지도 못했습니다. 올해 암으로 사망한 제 친구가 한바탕 웃고 나면 다음날 몸이 너무 아프다고 했는데, 그 기억이랑 겹치네요. 웃는 행위가 이렇게나 몸에 큰 영향을 끼치는 일이라는 게 새삼 신기합니다. 어쨌든 수술이 끝나고 곧 시작될 영화 촬영을 준비해야 했기에 가끔 터지는 웃음을 참아가며 열심히 견뎠습니다. 웃을 수 없던 것과는 별개로 우울감이 슬금슬금 찾아왔고, 그 우울감은 아주 오랫동안 제 곁에 머물렀습니다. 실은 이 시기에 당시 연인의 누나가 출산을 했기에 그는 조카의 탄생을 기뻐하며 아기를 보러 자주 집에 갔습니다. 그럴 때마다 왠지 제 우울감은 더 심해졌고요. 어느 날 수술이 끝나고 몇 개월이 지났는데도 우울감이 너무 오래간다며 불만을 토로하는 그와 심하게 다투었고, 그 직후는 아니지만 곧 그와 이별했습니다.

저는 여전히 임신 공포에 시달립니다. '#낙태죄폐지' 해시태그를 검색해 사람들의 글을 읽다보니 성관계를 하지 않은 달에도 생리가 늦어지면 '시발 임신했나' 하는 건 저 혼자가 아닌 것 같더군요. 언젠가 찾아올지 모를 두번째 수술의 통증을 상상하니 벌써부터 배가 아픕니다.

이 짧은 이야기를 10년 넘게 품고 있으면서 한 번도 글로 써본 적이 없는데, 슬릭에게 보내는 편지에 처음으로 쓰네요. 오늘도 많은 것들이 답답하고 밤 산책은 할 수 없지만, 이렇게 편지를 쓸 수 있어 다행입니다. 쓰다보니 어느새 오전 6시가 되었네요. 잠은 여전히 올 기미도 없지만 집에 들어가기 전 "이건 내 꺼야!" 하고 시작하는 슬릭의 노래 〈내 꺼야〉를 들으려고 사운드클라우드를 틀었습니다.

이건 내 꺼야

니가 뭔데 언제부터 관심 있는 척을 하고 자꾸 나대는 거야

위로 올라가면 나의 과거를 죽이다가 급히 발 빼는 모양

너는 날 죽인 거야

감히 누가 누굴 탓하는 거야

손가락 펴는 거야

모두 다 아는 거야

모두 다 알아

내가 나의 새끼를 가질 권리는 내게 있어

나의 생리를 말할 권리는 내게 있어

어떤 새끼도 나의 몸짓과 말에 있어

뭘 대신할 수 없어

제가 아무에게도 말할 수 없던, 말하지 않았던 이야기를 슬릭이 이 노래 속에서 빠르고 정확하게 말하고 있었습니다. 고마웠습니다.

그나저나 랩은 이렇게 가사가 많고 빠른데 대체 어떻게 외워서 공연을 하나요? 전 보면대에 가사집을 올려놓고 보면서 노래하는데…… 래퍼에게는 보면대가 허락되지 않나요? 갑자기 궁금하네요.

'시발 임신했나' 하는 건 저 혼자가 아닌 것 같더군요

2020년 10월 15일

이랑 드림

난 죄를 짓는 걸까.

이렇게 하루 만에 결정하는 사람도 있을까.

어쩌면 이 일을 평생 후회할까.

이 일을 언젠가 누군가에게 말할 수 있을까.

슬
릭

×

파트너에게 만약 내가
임신하면 어쩔 거냐고
물어봤어요

×

이
랑

오늘은 기분이 정말 이상한 날이에요. 말 그대로 하루종일 잤기 때문입니다. 어제는 와인을 마시면서 영화를 봤고, 새벽 3시쯤 그대로 잠들어서 오늘 오후 3시에 깨어났어요. 원래도 좀 많이 자긴 해서 여기까지는 별로 놀랄 일은 아니었습니다. 배가 너무너무 고파서 카레를 와구와구 먹고 다시 침대로 기어들어와 야구 중계 재방송을 보았습니다. 그런데 또 잠이 들었어요. 그때쯤 룸메이트가 일하러 나갔으니 저녁 6시 정도였던 것 같은데, 일어나보니 밤 10시였습니다. 정말 먹고 자기만 했는데 하루가 없어져버렸어요.

정신을 차리고 밖으로 나가기로 했습니다. 근처 24시간 카페를 검색해보니 딱 하나 있더라고요. 일을 마치고 돌아온 룸메이트와 함께 자정이 다 되어서 밖으로 나갔습니다. 좀 출출해서 김밥천국에서 김밥을 먹고 카페에 도착하니, 직원분이 코로나 때문에 24시간 영업 안 한 지 오래되었다며 자정에 닫는다고 합니다. 그래서 다시 집으로 돌아왔습니다. 정말 이상한 하루예요. 지금은 다시 침대로 기어들어와 랑이님에게 편지를 쓰고 있습니다.

보내주신 편지를 몇 번이나 읽어보다가 정말 많은 기억이 떠올랐습니다. 그것들을 전부 적어내려가볼까도 생각해보고, 랑이님이 제게 편지를 적을 때, 그리고 적어주신 일들을 경험할 때의 감정을 감히 헤아려볼까도 생각해보았습니다. 그러다보니 편지를 써내려가는 게 여간 어려운 일이 아니었습니다. 이 편지는 평소의 답장보다 훨씬 느리게 랑이님에게 도착할 것 같아 죄송한 마음이 드네요. 이런저런 생각으로 시간을 보내다보니 이렇게 누군가와 마음을 터놓고 편지를 주고받는 것이 얼마나 커다란 일인지 어렴풋이 가늠되기도 합니다. 수많은 문장이 적혔다 사라지기를 반복한 지금, 결국 가장 솔직하고 제멋대로인 말들만 남을까 걱정되기도 하고요.

여성으로 산다는 것은, 타살이 법적으로 금지되기 전의 세상에 사는 원시인들처럼 하루하루 무사하다는 사실에 안도를 넘어 경이로움을 느끼는 일인 듯합니다. 언제든지 몸과 마음이 죽임을 당해도 전혀 이상할 것이 없으니까요. 오늘만 해도 수많은 여성들이, 혹은 사회적 소수자들이 몸과 마음에 난도질을 당했겠지요. 저도 그중 한 명일지도 모르지만 그렇든 그렇지 않든 살아 숨쉬며 이 글을 적는 지금이 경이롭습니다.

특정 성별만이 '우리'의 말을 알아챌 수 있다는 이야기를 하려는 것은 아닙니다. 다만 우리는 어떤 상황에서, 어떤 공간에서든 특정한 사인들을 알아차리곤 해요. 당장 생각나는 예로는, 여자화장실에 들어가는 저의 몸짓을 들 수 있겠군요. 저는 공중화장실에 들어갈 때 남성으로 보이지 않기 위해 시선을 최대한 밑으로 떨구고 양팔을 특정 각도로 떨어뜨린 후 느리게 걷습니다. 누군가 저를 보고 '무해한 사람'이라고 인식할 수 있게 말이에요. 그런 사인들을 장착했는데도 누군가 저를 0.5초 이상 응시한다면 저는 제 목소리가 들리게 헛기침을 한다든지, '당신과 같은 성별이다'라는 사실을 알릴 만한 티나는 행동들을 합니다.

그럼에도 불구하고 한 달에 한 번씩은 "헉"이라든지, "어머, 여기 여자화장실인데요" 같은 말들을 들어요. 때로는 차라리 이런 해프닝이 그 순간의 파장을 빠르게 잠재우기도 합니다. 제가 목소리를 내어서 "저 여잔데요"라고 할 수 있기 때문입니다. 그러나 이런 일련의 해프닝도 제가 보편적인 여성의 목소리 톤을 지녔고 몸집이 작으며 누군가 쉽게 저를 알아차릴 수도 있는 직업을 가졌기 때문에 응당 받아들여질 수 있는 것이기도 합니다. 만약 저보다 '사회적 여성성'에서 더 벗어난 여성이 이런 해프닝에 휘말린다면 저보다 더 곤란하겠지요. 저는 단 한 번도 이런 일을 억울해하거나 귀찮아하지 않았습니다. 왜냐하면 앞서 말한 것처럼 여성으로 살다보면 순간순간의 무사함에 너무나 감사해지기 때문입니다.

저에겐 이런 서사를 설명하는 것이 너무나 벅찬 나머지, 가족을 제외하고 이에 쉽게 공감하지 못하는 사람들과의 인연은 전부 희미해졌습니다. 사실 가족 구성원을 설득하는 데는 저의 언어보다 저를 인정하는 제3자의 시선이 훨씬 더 효과적이기 때문에 어찌어찌 균형을 맞추며 살고 있기는 하네요. 이렇게 아득하고 불편하지만 절대로 사라지지 않을 것만 같은 감수성을 주렁주렁 달고 사는 저는, 그래서인지 더이상 온라인에서 보여지는 페미니즘에 대한 다양한(이라 쓰고 '어이없는'이라고 읽을게요) 시각에 큰 감명을 받지는 못합니다. 그저 오랜 시간이 흘러, 변하지 않을 것 같던 것들이 끝내 변하기만을 바랄 뿐이에요. 그렇게 되지 못한다 해도 어쩔 도리는 없습니다만…… 이럴 때는 제가 작게나마 낸 발자국들을 돌아보기도 하고요. 참 버거운 일입니다. 우리의 일들 말이에요. 이럴 땐 그냥 술을 한 바가지 마시고, '어쩔래'라고 생각해버리는 편이 나을 때도 있다고 믿고 싶네요, 하하.

지금 적으려는 일화는 제가 임신 가능성이 있는 사람으로서 겪은 미묘하고 피곤한 일 중 하나인데요. 저도 몇 년 동안 누구에게도 말하지 못하다가 랑이님의 편지를 읽으며 생각나 적어봅니다. 잊으려고 했기 때문에 정확하지는 않지만, 선명하게 남은 부분들도 있어요.

몇 년 전 사귀었던 파트너는 종종 임신 가능성이 더 커지는 성관계를 요구했습니다. 그때마다 아주 단호히 거절했지만, 그 모든 대화가 그렇게 단칼에 끝나지는 않았고, 결국 계획 없는 임신을 상상해보다 이런 대화까지 나누었습니다. 만약 제가 임신하면 어쩔 거냐는 질문에 그는 저의 선택을 존중하겠다고 말했습니다. 낙태하든 낳아서 키우든 제 선택을 존중하고, 옆에 있겠다고 이야기했습니다. 아주 다정한 파트너의 모습으로 비춰지길 바라는 듯이요. 저는 불현듯 분노가 차올라 이렇게 이야기했습니다.

"만약 내가 임신해서 출산하게 된다면 나 혼자 그 아이를 키울 거고, 너는 내 삶에서 배제할 거야."

저는 그의 얼굴에서 찰나의 서운함을 보았습니다. 그러고는 대화가 어떻게 이어졌는지는 기억이 나지 않습니다. 그 순간만 선명하게 기억에 남았네요. 제게 왜 분노가 일었고 그가 왜 서운함을 비쳤는지, 그다음에 관계가 이어졌는지 몇 년이나 지난 지금은 모든 것이 희미하지만, 그 순간의 감정들이 왜 저한테 선명한 자국을 남겼는지는 제가 굳이 말씀드리지 않아도 아시겠지요. 시간이

파트너에게 만약 내가 임신하면 어쩔 거냐고 물어봤어요

많이 흐른 지금의 저는 이제 전혀 다른 세상에 살고 있습니다만 그때의 대화라든지, 저에게 '여성스러운' 모습이 더 드러나지 않는다는 명분으로 결국 헤어지게 된 그와의 관계 같은 것들이 문득 떠오릅니다. 그때의 상황과 분노는 어떤 무사함을 지켜내려 애쓰는 저를 여전히 휘감습니다.

이런 감정을 노래로 만드는 일이 과연 저라는 사람이 감당할 만한 것인지 늘 의문을 품습니다. 페미니즘을 노래하는 것에 중압감을 느끼지 않느냐는 걱정이 담긴 질문을 자주 받는데, 그럴 때마다 제가 하는 말은 하나거든요. 저는 그저 제가 살아가면서 느끼는 감정들을 풀어낼 뿐인데 그것이 페미니즘으로 불릴 뿐이라고요. 이 질문을 10번쯤 받았을 때 들었던 생각은 '이게 많은 사람들이 쉽게 가지는 마음은 아닐 수도 있구나'였는데요. 다시 같은 질문을 50번쯤 받으니 '실은 나도 이런 말을 할 만큼 대단한 사람은 아닐 수도 있겠다'라는 생각이 드네요. 대단한 사람처럼 보이려고 꺼낸 이야기는 절대로 아니었는데 말이지요. '생존의 기저가 어디에 위치하냐'라는 말을 할 뿐인데도 이를 둘러싼 수많은 논쟁에 끝없이 놀랄 뿐입니다.

이 편지를 마무리하기 위해 저는 아주 먼 곳으로 와

있습니다. 일상에 파묻혀서는 제 마음을 문장으로 도저히 완성해낼 수 없을 것 같다는 핑계로 아주 먼 곳에 도착해 낯선 숙소 안에서 이렇게 키보드를 두드립니다. 이런 역마살에 기반한 환상을 품은 것에 죄책감을 가진 채 세 시간 남짓 시외버스를 타고 오니 허리가 무지 아프더군요. 부디 저의 편지가 도착한 곳에는 평화와 영감이 그득하기를 바랍니다.

2020년 10월 31일

슬릭 드림

이
랑

×

랑이처럼 거지인 애가 있나 싶었어

×

슬
릭

어제 저는 친구의 엄마에게 100만 원권 수표를 선물로 받았습니다. 누군가에게 수표를 받아본 적은 처음인 것 같습니다. 친구 엄마는 약 1년 전에 돌아가셨는데요. 이후 친구가 엄마의 물건을 정리하던 중 습득한 100만 원권 수표를, 분명 엄마가 저에게 주고 싶어했을 거라며 자기가 대신 전해준다고 하더군요. 제가 스물두 살 때 알게 된 친구와 친구의 엄마는 항상 저를 응원하고 예뻐해주는 신기한 분들입니다. 친구 엄마는 제가 집에 놀러가면 "랑이는 오늘 엄마랑 같이 자자~" 하시는 조금 무서운(?) 분이었어요. 그때 동침 제안은 거절했지만 어제 그 수표는 기쁜 마음으로 받기로 했습니다. 들여다보고 있으면 친구 엄마 얼굴이, 목소리가 둥실둥실 떠오르는 이 종이를 과연 은행에 가서 현금으로 바꿀 수 있을지는 모르겠어요.

친구는 저를 처음 봤을 때의 이야기를 하며 "랑이처럼 거지인 애가 있을까 싶었어"라고 했는데요. '거지'라는 표현에 뇌세포가 놀랐는지 갑자기 머릿속에 20대의 제 모습이 주마등처럼 쉭쉭 지나가더군요. 돈은 정말 없었지만 스스로 거지라는 생각은 안 하고 살았던 것 같아요. 대학교는 학자금 대출로 어떻게든 다닐 수 있었고(미래의 이랑이 갚을 거라고 생각했어요) 집이 없어도 학교 동아리방에서(준이치도 함께) 살 수 있었으니까요. 책이야 도

서관에서 보면 되고 필요한 물건은 주워서 획득했어요.
의자, 행거, 책상, 난로, 책장, 악기 등등…… 제 동기들은
골목을 돌아다니며 쓸 만한 물건을 잘 줍는 저에게 '줍기
스트'라는 별명을 붙여줬습니다. 저는 그 별명이 무척 마
음에 들어서 직책을 '줍기스트'라고 쓴 명함을 만들까 생
각했답니다.

가끔 시―원한 감각을 느끼고 싶을 때 저는 학교 대
공연장 연습실을 찾았습니다. 정확한 수치는 모르지만 체
감상 수백 평은 되는 드넓은 대공연장 연습실에 혼자 있
으면 그렇게 시―원할 수가 없었습니다. 연습실 거울에
비친 제 모습은 면봉만큼은 아니어도 굉장히 조그맣게 보
였고, 거기에 가만히 서거나 앉아 있으면 몸에 점점 한기
가 들어찼습니다. 한기를 느끼며 점프하고 연습실을 빙빙
돌아도 그 공간에서 제 존재감은 그다지 느껴지지 않았
고, 때로는 제 존재감을 아예 지워보려 2층 테라스(연습
실 무대를 높은 곳에서 볼 수 있는)에 올라가 텅 빈 커다
란 공간을 바라보며 한참 앉아 있기도 했습니다. 그럴 땐
제가 연습실의 유령이 된 것 같았습니다. 그렇게 시원하
다못해 추울 정도로 높고 넓은 공간을 실컷 느낀 뒤, 건물
밖으로 나가면 피부에 닿는 햇살이 너무 뜨듯해서 금방

다시 인간으로 돌아온 것 같았고요. 한없이 높고 넓은 공간 속에서 인간이 느끼는 이 요상한 감정을 무어라 표현할 수 있을지 모르겠네요. (그래서 종교 시설들을 그렇게 높고 크게 짓는 걸까요.)

전에 친구와 '내가 살고 싶은 꿈의 집'을 그림으로 그려 서로 보여준 적이 있어요. 그러고 보니 이 놀이는 어린 시절부터 지금까지 꾸준히 하고 있네요. 전 어릴 때 냉장고랑 아파트 광고전단지를 보는 걸 무척 좋아했습니다. 어른이 돼서 냉장고를 사면 전단지에서 본 사진처럼 안에 수박도 들어 있고, 음료수도 들어 있고, 케이크도 들어 있는 채로 냉장고를 갖게 되는 줄 알았거든요. 그때 저는 딸기 요플레 뚜껑을 반만 열고 퍼먹으면 나중에 나머지 반을 먹을 수 있다고 생각했던 어린이였습니다. 반만 먹었다고 생각한 딸기 요플레를 냉장고에 넣어두었다가 나중에 꺼내 뚜껑을 전부 뜯었을 때 안에 요플레가 남아 있지 않아서 충격을 받았던 기억이 납니다…… 아무튼, 맛난 음식이 꽉 찬 냉장고 광고전단지와 텅 빈 아파트 도면은 언제나 제게 상상의 기쁨을 안겨주었고 지금도 비슷한 상상놀이를 즐기는데요. 제가 꾸준히 그리는 '꿈의 집'은 천장이 높고 방이 나뉘지 않은, 그냥 커다란 연습실 같은 공간입니다. 그러고 보니 저는 오래전부터 이런 집에 살고 싶었기 때문에 학교 연습실에서 시간을 보내길 좋아했던 건가 싶습니다.

일본 센다이에서 파친코 영업장이었던 건물을 작업실로 쓰는 사진작가를 만난 적이 있습니다. 작업실 천장 높이가 10미터는 되어 보였고, 넓이는 학교 대공연장 연습실만하더군요. 가로세로가 각각 몇 미터씩 돼 보이는 작가의 사진 작품들이 넓고 높은 벽면을 꽉 채우고 있었고, 사진들은 제 크기와 중력에 못 이겨 이불처럼 주름져 있었습니다. 제가 그 작업실에 찾아갔을 땐 가을이었는데도 안이 무척 서늘했어요. 작가가 내어준 따뜻한 차가 무서운 속도로 식더군요. 겨울이 되면 말도 못하게 춥다고 하던데, 그래서인지 작업실 한쪽에 나무로 만든 작은 방이 눈에 띄었습니다. 나무 방엔 놀랍게도 기차처럼 바퀴가 달려 있었습니다. 하지만 여닫이문과 유리창도 달린 어엿한 방이었어요. 방안에 들어가 창문을 통해 넓은 작업실 전체를 보고 있자니 마치 커다란 로봇 조종칸에 들어앉은 기분이 들었습니다. 이렇게 큰 작업실이 있어도 추워서 공간을 다 쓰지 못하고 이 좁은 나무 조종칸 안에서 일해야 한다니. 새삼 인간의 나약함을 느낄 수 있었습니다.

처음에 했던 수표 얘기로 돌아가면, 친구 엄마가 주신 그 수표를 언제 어떻게 써야 부끄럽지 않을까 며칠 동안 고민되더군요. 꼭 필요한 물건을 살 때 보탤까(아이폰 12가 나왔다던데?!), 그냥 커피 마시고 밥 먹는 데 이 수표를 써도 될까. 제가 어떻게 써도 잘 썼다고 칭찬해주실 분이지만 기왕이면 가장 멋진 곳에 쓰고 싶어요. 이 글을 쓰다보니 집을 살 때 수표를 쓰면 어떨까 하는 생각이 드네요. 언제가 될진 모르지만 제가 살고 싶은 연습실같이 넓은 집을 사는 날, 이 수표를 내면 멋질 것 같아요. 그런데 혹시 수표도 통조림처럼 유통기한이 있는 건 아니겠죠? 50년 뒤에 써도 되는 건가. 갑자기 걱정되네요. 검색해보겠습니다.

추신

저는 2017년부터 꾸준히 해온 '꿈의 집'이라는 게임과 얼마 전 손절했습니다. 한판 깰 때마다 상으로 받는 '별'로 폐허가 된 집을 고쳐나가는 재미에 빠져 제 수면시간을 오랫동안 반납해왔답니다. 만렙인데다 게임머니도 엄청 많은데…… 이제 현실에서 꿈의 집을 마련하기 위해 제대로 자고 제대로 일어나보려고요. 도저히 게임을 지울 수는 없어 한구석에 고이 모셔두었습니다.

2020년 11월 20일

이랑 드림

제가 연습실의 유령이 된 것 같았습니다.

한없이 높고 넓은 공간 속에서

인간이 느끼는 이 요상한 감정을

무어라 표현할 수 있을지 모르겠네요.

슬릭

×

폐허가 '꿈의 집'이
되기까지

×

이랑

친구의 엄마와 친구 같은 사이로 지냈다니 꼭 제 상상 속에서 일어난 일 같아 마음이 좋아요. 그리고 그리운 엄마의 수표를(그것도 100만 원짜리를!) 선뜻 친구에게 건네는 랑이님 친구도 상상 속 존재처럼 좋은 분이네요. 랑이님의 에세이를 읽으면서도 느낀 건데, 랑이님 주변에는 좋은 친구들이 많은 것 같아서 신기해요. 정말 사랑하는 마음으로 사람을 대하는 사람들은 의외로 드물잖아요. 저도 요새는 제 나름대로 친구가 많아졌다고 꽤 으쓱했거든요. 제가 그런 사람이 되어가는 중이라 랑이님의 친구가 된 건지도 몰라요.

스스로가 어떤 사람인지 묘사할 때 줄곧 '소심한', '그래서 친구가 많이 없는 사람'으로 제 자신을 취급했어요. 실제로 학창시절엔 친구가 별로 없었고, 있던 친구들에게도 그렇게 큰 우정이나 소속감을 느끼지 못했거든요. 대학교에 다닐 때까지도 인간관계란 뭘까, 나는 왜 변변한 친구 하나 못 사귀어서 혼자 밥을 먹고 같이 여행도 못 다닐까 자책하곤 했습니다. 누군가는 고등학생 때 친구만이 진짜 친구고 사회로 나와서 만나는 사람들과는 진정한 친구가 될 수 없다고 하잖아요. 저도 그런 줄로만 알았는데, 지금의 저는 완전히 다른 사람이 되어 학창시절에 사귀었던 친구들보다 최근 3년간 사귄 친구들이 훨씬 많고,

친구들 한 명 한 명과 소중하고 재미있는 관계를 맺고 산답니다.

한국에 태어나서 처음 사귀는 '친구'란 대개 같은 시공간(학교, 학원)을 오래도록 공유한 사람들 속에서 만나게 되고, 사회인이 되어 저마다 다른 직장이나 공동체에 속한 후에는 그렇게 '운명적으로' 같은 시공간에 오래도록 함께할 기회가 거의 없잖아요. 그래서 어릴 적 순수했던 친구관계를 그리워하고 다시 그런 기회를 만들긴 힘들다 생각하며 사는 것 같아요. 그렇지만 제가 학창시절 우연히 만난 무작위의 사람들 중 저와 가치관과 세계관이 비슷했던 사람은 없었습니다. 그리고 사회에 나와 친해지고 싶은 사람들을 선택할 수 있게 된 지금, 아주 활발히 친구를 만들고 있어요. 제가 어떤 성격과 가치관, 취향을 가진 사람이라는 것을 만면에 드러내고 살아서인지 제가 친해지고 싶은 사람들도 대부분 저와 친해지고 싶어하는 거 있죠. 아주 특별하고 행복한 일이에요. 생각해보면 저는 소심한 사람이 아니라 그저 결이 다른 사람과 친밀하게 지내기 힘든 사람이었고, 그런 저의 결은 '좀 유별난' 형태였던 것입니다. 그래서 지금은 그 유별난 사람들을 모아 모아 친구부자가 되었답니다!

꿈의 집 이야기가 나오니 반갑군요. 제 룸메이트 이야기를 해드리고 싶어요. 제 룸메이트(실명을 밝힐 순 없으니 A라고 할게요)는 꿈의 집이 아주 명확한 사람입니다. 자기가 사는 공간에 대한 청사진이 머릿속에 뚜렷하대요. 그런데 저는 한 번도 제 꿈의 집을 떠올려본 적이 없거든요. 오랜 시간 꿈꾸던 공간은 '작업실'뿐이었습니다. 마음대로 음악 작업을 할 수 있는(그리고 혼자 쓸 수 있는) 어엿한 작업실을 갖추고 싶다, 이것만이 공간에 대한 저의 염원이었습니다. (지금은 자취하는 집에 작업실을 갖추었다가 또다시 근처에 작은 작업실을 구했습니다.)

꿈의 집이 뚜렷한 룸메이트 덕분에, 우리가 같이 사는 집은 셀프 인테리어 책에 소개해도 될 정도로 개인이 할 수 있는 거의 모든 시공 작업을 거쳐 취향을 드러낸 공간이 되었습니다. 처음 이사왔을 때는 거의 폐허에 가까웠어요. (음악하는 분이 혼자 작업실로 썼다는데, 집에게 미안할 정도로 집을 학대하고 있었습니다.) 전전 세입자가 두고 간 골동품과 이상한 바위들(도대체 뭐에 썼던 걸까요), 여기저기서 주워온 고물들로 가득한 공간이었는데 지금은 어디를 둘러보아도 집에 대한 애정이 뚝뚝 묻어나요. 랑이님에게 직접 보여드리고 싶지만 A의 사생활도 있으니 글로 최대한 묘사해보도록 하겠습니다.

직접 고른 색으로 벽마다 다르게 페인트칠을 했고, 시트지를 사서 바닥 색을 바꾸는가 하면, 각종 인테리어 소품들(저는 이런 것들이 있는 줄도 몰랐어요)로 곳곳을 아기자기하게 꾸며놓았습니다. 그 모든 것의 색감과 질감이 통일되었다면 믿어지시나요? 우리집에 있는 거의 모든 것들은 무광 파스텔의 색과 부드러운 질감을 가지고 있습니다. 커튼, 화분, 그릇, 의자, 베개 커버, 수건, 쓰레기통, 심지어 멀티탭까지도요. 이런 근사한 집에 얹혀 산다는 것이 영광스럽습니다. 무한한 에너지로 집을 변화시키고 있는 A 덕분에 이 집을 사랑하게 되었어요. 고되게 일하고 돌아와 포근히 쉴 수 있는 공간이 있다는 건 정말 행복한 일이에요. 저 혼자 살았다면 아마 제가 증오하는 전 세입자처럼 살았을 거예요. 그래서 새로 구한 작업실 인테리어도 A에게 맡길 계획입니다. 나중에 놀러오셔요.

랑이님의 편지 속 커다랗고 차가운 작업실을 상상하며 공간과 그 공간의 분위기, 그걸 느끼는 마음과 그 마음으로부터 표현되는 수많은 예술에 대해 생각해봅니다. 부모님과 함께 살던 집에서 만든 노래와 독립된 작업실에서 만든 노래, 달리는 기차 안에서 적었던 글과 꽉 막힌 독서실에서 적었던 글, 누군가의 작업실에 놀러갔던 경험이나 숙소를 고르기 위해 수백 장의 사진을 비교해보던 기억은, 문득 어떤 공간에 존재하는지가 어떤 삶을 살아가게 하는지를 결정한다는 커다란 스케일의 생각으로 저를 이끕니다. 편지로 들려주는 랑이님의 경험을 상상하곤 하는데, 상상은 그저 낭만적이잖아요. 제멋대로 하는 상상이지만 서늘하고 넓은 대연습실 속의 랑이님, 외국 사진작가의 멋진 작업실에 놀러간 랑이님을 그리다보면 늘 그 한구석에 입을 헤벌리고 그 광경을 구경하는 저를 작게 추가하곤 한답니다. 제가 그런 경험을 한다면 무슨 생각을 할지, 그 공간에서 저는 내일의 슬릭에게 어떤 기억을 남겨줄지 기대하면서요.

편지 쓰는 동안 발목을 다쳐서 깁스했다가, 편지를 마무리하는 시점에 풀었습니다. 고작 인대 좀 늘어난 것뿐인데 절뚝거리며 사느라 온몸이 삐뚤어진 기분이에요. 절대, 다시는 계단 있는 집으로 이사가지 않으려 합니다. 게다가 새 작업실은 또 왜 이렇게 높은 곳에 있는 건가요 (둘러볼 땐 경치 죽인다고 좋아했으면서). 다치는 건 정말 끔찍한 경험이에요. 온 마음을 담아 랑이님의 건강을

폐허가 '꿈의 집'이 되기까지

빕니다.

2020년 12월 3일

슬릭 드림

생각해보면 저는 소심한 사람이 아니라

그저 결이 다른 사람과

친밀하게 지내기 힘든 사람이었고,

그런 저의 결은 '좀 유별난' 형태였던 것입니다.

그래서 지금은 그 유별난 사람들을 모아 모아

친구부자가 되었답니다!

이
랑

×

아티스트 '이랑'이 무언가를 만드는 과정

×

슬
릭

지난 편지에서 작업실을 갖추었다는 내용을 보고 내적 박수를 쳤습니다! 정말 축하드립니다. 저도 꼭 한번 가보고 싶습니다. 작은 작업실을 어떻게 꾸며두셨을지 기대되네요. (그곳도 룸메이트의 손길이 닿았는지 궁금하네요.)

　　제가 지금 쓰고 있는 이 작업실엔 슬릭도 몇 번 다녀간 적이 있지요. 총 6명이 함께 쓰는 이 20평짜리 작업실도 어느새 7~8년의 역사가 쌓여가네요. 그동안 작업실 형태도 여러 번 바뀌었습니다. 소파에 앉아서 플레이스테이션을 할 수 있는 공간이 있던 적도 있었고(전 그때 〈괴혼: 굴려라 왕자님〉이라는 게임을 너무 많이 했습니다), 벙커형 침대가 있던 적도 있습니다(침대가 있으니 자꾸 눕게 되더군요). 지금은 늘어지는 시간을 제한하기 위해 공간을 재조정해서 여유공간엔 (지난번 슬릭도 누워봤던) 마사지 의자만 남겨두었습니다.

　　제가 작업실이 있다고 이야기하면 대부분 사람들은 녹음 스튜디오를 떠올리는 것 같아요. 하지만 와보셔서 아시다시피 제 자리는 '사무'에 최적화된 상태로 세팅되어 있습니다. 저는 매일 ㄷ자 모양으로 연결된 책상과 책장 가운데 앉아 다양한 일처리를 합니다. (가장 많이 하는 일은 메일을 쓰는 것이고요.) 얼마 전 모 대학 예술학

　　　아티스트 '이랑'이 무언가를 만드는 과정

과 비대면 특강에선 이 ㄷ자 공간 안에 있는 제 자랑거리들을 화면에다 신나게 펼쳐보였습니다. 각종 업무 서신/서류 모음과 제가 아끼는 클리어 화일들(왠지 '클리어 파일'이라고 부르지 않게 돼요)을 보여주고 외장하드를 열어 분류 폴더도 전부 공개했어요. 그러고 보면 저는 정말…… 사무직에 잘 어울리는 사람인 것 같아요. 참고로 제가 좋아하는 사무용품은 클리어 화일, 포스트잇, 그리고 계산기입니다. 문구의 천국 일본에 자주 오가며 공연 활동을 펼치던 2020년 2월까지는 일본 문구점에 들러 저를 위한 사무용품들을 10만 원어치씩 사곤 했습니다. 국내에 없는 만년필 질감의 펜과(만년필은 아닙니다) 노트, 계산기, 포스트잇, 클리어 화일이 주된 쇼핑 목록이었습니다. 평소에도 마음이 복잡할 때는 가계부를 정리하거나 스케줄표와 메일함의 태그 분류를 수정합니다. 제 메일함은 13개의 대분류 태그와 그 안의 소분류 태그로 나뉘어 있습니다. 1개의 대분류 태그 안에 다시 13개의 소분류 태그가 달린 것도 있어요. 하핫.

이 와중에 언제 가사나 멜로디를 떠올리는지 궁금해할지도 모르겠다는 생각을 혼자 해봤습니다. 사실 노래는 게임을 하면서도 지어 부를 수 있고 파일 정리를 하면서도 '클리어 화일 노래'를 만들어 부를 수 있어요. (보통 이런 노래들은 앨범에 수록되진 않지만요.) 아참, 그리고 저는 꼭 자전거를 타면 노래를 부르더군요. 이 사실은 몇 년 전에 문득 인지하게 되었는데요. 그뒤로는 의식적으로 노래를 안 부를까 싶었는데 페달에 발을 올리기도 전에 자동으로 노래가 흘러나오더군요. 가끔 노래를 지어 부를 때도 있지만 주로 몇 개의 노래를 돌려 부른다는 것을 알게 됐습니다. 마치 자동재생 목록에서 나오는 것처럼 말이죠. 그래서 '자전거 타고 부르는 노래' 메모장을 만들고 제가 입으로 자동재생하는 노래들을 기록하기 시작했습니다.

브리트니 스피어스, 〈...Baby One More Time〉
뮤지컬 〈그리스〉 OST, 〈You're The One That I Want〉
영화 〈뮬란〉 OST, 〈Reflection〉
2NE1, 〈Happy〉
자전거 탄 풍경, 〈너에게 난 나에게 넌〉
등등.

재생 목록에서 공통점을 찾을 수가 없어 어떤 알고리즘인지는 설명을 드릴 수가 없네요⋯⋯
앞의 리스트처럼 저는 저를 기록하는 일에 무척 익

숙합니다. 노트, 문서, 비디오, 사진, 음성메모가 넘쳐나
고 저는 그것들을 분류하고 정리하는 일을 자주 합니다.
그중 다시 보면서 재밌어하는 것은 입으로 기록한 음성메
모들인데요. 졸려서 기운이 없을 때나 추워서 휴대폰 자
판을 만질 수 없을 때, 자전거를 한 손으로 끌면서 이동할
때, 음성 받아쓰기 기능을 사용해 메모합니다. 매우 편리
하지만 AI가 잘 받아 적지 못할 때도 많아서 나중에 보면
무슨 내용인지 추리하는 데 시간이 많이 걸립니다. 예시
로 한 대목을 보여드려볼게요.

　　자기 복제의 방법으로 말이야 이렇게 메모 하는 거야
　말로 해가지고 이렇게 메모 하면 얘가 잘 받았어 교와 어
　떻게 짠 또 한거니 삼 버스 때 이마스
　　今日はたけちゃんと判官に散歩しています楽しいで
　すね。
　　Today today I am going to Hanggang with the Kissy,
　Thank you,
　　밤이 되었다 쩜 쩜 밤이 되었다. 다음줄 다음

해독 어렵겠죠? 실제로 어렵습니다.
때때로 제가 '이랑'이기 때문에 아티스트 '이랑'이

무언가를 만드는 과정에 온전히 참여하고 관찰할 수 있어서 즐겁다고 느낍니다. 이런 글을 해독할 때는 과거의 이랑이 낸 수수께끼를 푸는 것 같고요. 과거의 이랑이 알 수 없는 기타 코드를 녹음해둔 걸 들을 때도 마찬가지입니다. 너무 작은 소리로 녹음해둔 노래를 최대 음량으로 키우고 들어도 뭐라고 하는지 전혀 알 수 없을 땐 과거의 이랑이 밉기도 하지만……

　너무 많은 메모가 있기 때문에 메모를 다시 보고 듣고 분류하고 정리하는 것도 큰 일입니다. 금방 정리되면 좋겠지만 어떤 건 몇 년 동안 해결 안 되는 경우도 있어서, 그런 메모에는 '당근' 이모지를 붙여둡니다. 인터넷에서 '당근을 흔들어주세요'라는 말이 '도와주세요/구해주세요'라는 의미로 쓰인다는 걸 알게 된 이후에 그렇게 하고 있습니다. 어디선가 본 디자이너의 최종파일명이 '진짜_최종_최종_마지막_최종.psd'인가 그랬던 것처럼, 이와 비슷한 이름에 당근이 붙은 메모들이 저의 구조를 기다리고 있답니다. 창작하고 구조하는 이 작업을 혼자 하면서 다른 음악가들은, 다른 창작자들은 어떤 모습으로 시간을 보낼지 무척 궁금해집니다. 슬릭이 작업실에서 어떤 시간을 보내는지, 어느 날 하루 유령이 돼서 작업실 한쪽에서 몰래 구경하고 싶어요.

아티스트 '이랑'이 무언가를 만드는 과정

추신

발목은 좀 어떠신지요. 저는 보험설계사 자격증이 있는 사람이니, 필요한 것이 있다면 문의해주세요.

2020년 12월 9일

이랑 드림

때때로 제가 '이랑'이기 때문에

아티스트 '이랑'이 무언가를 만드는 과정에

온전히 참여하고 관찰할 수 있어서

즐겁다고 느낍니다.

슬
릭

×

좋은 음악이란 무엇인지
무슨 생각을 해,
그냥 만드는 거지/月

×

이
랑

랑랑님, 노래는 어디서 탄생할까요? 이제 세상에는 그 어느 때보다 많은 노래가 존재하고 그중에 놀랍게도 제가 만든 노래도 존재하지만 아직까지 그 질문은 저를 계속 따라다닙니다. 과장을 조금 보태면 제 서른 평생 노래의 기원을 찾아 살아왔다 해도 과언이 아닐 거예요. 그리고 이 질문보다 더 짜증나고 궁금한 (혹은 짜증나게 궁금한) 질문이 또 있습니다. '좋은 노래'는 어떻게 탄생하는 것일까요? 으…… 뱉어놓고 보니 더욱 짜증이 솟구치네요. 그렇지만 짜증과 함께 답을 내어보고 싶다는 욕구 또한 퐁퐁 솟아납니다. 어느 날 더이상 이것이 궁금하지 않다면 저는 너무 슬퍼서 울어버릴 것 같아요.

이 짜증은 사실 타인으로부터 오는 짜증은 아닙니다. 이유는 알 수 없지만, 많고 많은 인터뷰를 하러 부지런히 다니는 저에게 "슬릭님에게 좋은 노래란 무엇인가요?"라는 질문은 잘 오지 않기 때문이지요. 오히려 자책에 가까운 짜증인 것 같네요. '좋은 노래는 어디서 탄생할까?' '좋은 노래란 무엇일까?' 같은 생각을 할 시간에 좋은 노래를 만들어보는 것이 훨씬 더 생산적일 텐데, 대부분의 시간을 그저 '아, 더이상 이런 질문에 갇혀 있고 싶지 않다……' 하며 스스로에게 짜증만 내고 있으니까요. 김연아 선생님의 명언이 떠오릅니다. 연습 전 스트레칭을

좋은 음악이란 무엇인지 무슨 생각을 해, 그냥 만드는 거지

하는 김연아 선생님에게 그 모습을 다큐멘터리로 촬영하던 분이 "무슨 생각 하면서 스트레칭을 하세요?"라고 물었어요. 그러자 김연아 선생님은 "무슨 생각을 해…… 그냥 하는 거지"라고 답했죠. 지금 저에게 딱 필요한 마음가짐인 것 같습니다. 좋은 음악이란 무엇인지 무슨 생각을 해, 그냥 만드는 거지. 약간 변명 아닌 변명을 추가하자면, 뮤지션을 꿈꾸며 살아온 저는 완성된 음악을 세상에 내놓는 사람이 되고 싶었던 것이 아니라 노래를 만들어서 부르는 과정을 사랑하는 사람이 되고 싶었는데요. 제가 노래를 발표하면 그 노래의 완성도라든지, 또 완성도라든지, 또 완성도라든지 같은 것에만 사람들이 말을 얹는 경험을 너무 많이 해서 이렇게 슬프고 복잡한 마음을 가지게 된 것 같습니다.

랑랑님께서는 처음 노래를 들었던 순간이 기억나시나요? 아무 노래가 아닌, 누군가 틀어놓은 노래 옆을 스쳐지나가는 것이 아닌, 스스로 선택한 노래를 재생해 처음부터 끝까지 들었던 경험이요. 물론 저는 기억나지 않습니다. 첫 순간은 기억나지 않지만, 중학생 때 학원 차를 타고 가며 MP3 플레이어에 한 곡 한 곡 고심해서 모아둔 노래들을 들었던 기억이 납니다. 처음 선물 받은 MP3 플레이어는 용량이 너무 작아서 30곡 정도만 채울 수 있었 거든요. 어떤 노래를 넣을지, 또 지울지 참 오래 고민했는 데, 요새는 들을 수 있는 노래가 너무 많아서 오히려 무얼 들어야 할지 잘 모르겠습니다. 랑님도 그런 기분을 느끼 시는지요?

최근에 친구와도 이와 관련된 이야기를 나눴습니다. 도대체 무얼 들어야 할지, 내가 무슨 노래를 듣고 싶은지 도 잘 모르겠고, 이제는 노래를 귀하게 여기지 못하게 되 어 슬프다고요. 그래서 친구는 아직까지도 CD 플레이어 로 노래를 듣는다고 합니다. 그렇게 들으면 한 곡 한 곡 집 중해서 들을 수 있고 더 잘 들린다고 해요. 저에게는 매우 신선한 해결책이었습니다. 저는 곧장 CD 플레이어를 샀 습니다. 아, 부정할 수 없이 소비의 시대입니다.

좋은 노래란 무엇일까요? 무해한 척하지만 속내가 다 보이는 질문 같습니다. 마음속에 이 물음이 떠오를 때 저는 그동안 좋아해온 노래를 다시 들으며 이 노래가 좋 은 이유는 무엇일까 하고 생각합니다. 그러면 전혀 생각 하고 싶지 않았지만 마음속에는 불순한 질문이 줄줄이 쫓 아오는데요. 이 노래를 좋다고 생각해도 될까? 음악에 대 해 잘 모르는 나만 이 노래를 좋아하는 걸까? 내가 존경

좋은 음악이란 무엇인지 무슨 생각을 해, 그냥 만드는 거지

하는 A가 이 노래를 별로라고 하면 그때부턴 나도 이 노래를 달리 듣게 될까? 이렇게 좋은 노래가 세상에 이미 존재하는데 나는 왜 계속 좋은 노래를 만들려고 하는 걸까? 물론 어떤 좋은 노래 하나가 존재한다고 해서 다른 모든 노래가 그 하위에 놓이는 수직적 관계가 되는 것은 아니겠지만, 왜인지 모르게 많은 사람들이 그렇게 말하는 광경을 자꾸 보게 됩니다. 그리고 시간이 지나 그 말이 제 안에서 울릴 때는 이상하게도 제 목소리로 돌아오더라고요. 이런 뿌리 없는 잡념이 머릿속을 어지럽히다보면 노래를 만드는 일이 더이상 마음에 와닿지 않게 될까봐 무서워요.

부끄러움을 무릅쓰고 아주 사적인 경험을 노래로 만들었던 경험이 있습니다. 요약하면 '술김에 사랑고백했다가 차였다'가 주제인 곡이지만(정말 최고로 사적이죠) 그 노래가 정말 많은 사람들에게 사랑을 받았어요. 돌이켜 생각하면 너무 부끄럽기 때문에 노래 제목은 비밀로 하겠습니다. 가사를 적고 녹음할 때는 '도대체 이 노래에 담긴 추함을 그 누가 품어줄 수 있을까' '악기들의 조화와 믹싱으로 어떻게든 아름답게 포장해보자' 생각하면서 노래를 만들었는데, 아이러니하게도 제 노래들 중 공감대가 가장 넓게 형성된 노래가 되었습니다. 내용적으로도, 음악적으로도요. 그후로 제 안에서 '좋은 노래'에 대한 정의가 많이 수정되었고, 심지어 그 과정도 노래로 만들었습니다. 정말 저는 왜 이러는 걸까요.

그럼에도 세상에 좋은 노래가 참 많아서 다행이에요. 좋아하는 노래가 많아서 좋아요. 그 노래들을 좋아하는 이유가 다 제각각인 것도 좋아요. 끝은 없고 시작점만 많은 잡생각으로 어지럽다가도 문득 좋은 노래를 들으며 그 노래를 만든 사람의 머릿속, 마음, 손끝 같은 것들을 오래오래 상상합니다. 그러면 대형 마트를 몇 시간씩 돌다가 푹신한 소파에 앉을 때처럼 숨을 크게 내쉬게 돼요. 좋은 노래를 만든 사람이 좋은 사람이라는 믿음은 골백번도 깨지고 있지만, 눈에 보이지 않고 손으로 만질 수 없는(마치 이런 것이 엄청 중요한 듯이 말했네요), 붙잡아둘 수도 없고 다른 언어로 치환할 수도 없는 그 순간순간을 사랑하는 마음이 오래 쌓이기를 바라요. 언젠가는 저도 그런 노래를 만들 수 있을지 모르니까요. 그런 마음으로 새로 마련한 작업실에 흡음보드를 하나하나 붙이고 있답니다. (자꾸 모자라서 벌써 서른몇 개째 재주문하고 있어요. 큰일입니다.)

좋은 음악이란 무엇인지 무슨 생각을 해. 그냥 만드는 거지

어려서부터 '이동'할 때는 꼭 노래를 들었습니다. 자전거를 탈 때는 이어폰을 낄 수 없으니 혼자 노래를 흥얼거리기라도 하고요. 가사를 외우는 노래가 별로 없어 몇 곡 위주로 부르지만 가끔은 가사 없는 노래도 부르고, 아직 세상에 존재하지 않는 노래도 부릅니다. (실은 이미 존재할 수도 있겠네요.) 그럴 때는 어떤 영감이 떠올라서 멜로디를 흥얼거리는 게 아니라 무작위의 멜로디와 리듬을 랜덤하게 이어가곤 해요. 그리고 그런 것들은, 단 한 번도 정식으로 노래가 된 적은 없습니다. 저는 기록도 잘 하지 않아 그냥 공기 중으로 흩어지고 말아요. 딱히 아쉬웠던 적도 없고요. 아참, 고양이와 함께 살면서는 모든 노래 가사를 '인생이'나 '또둑이'로 바꿔 부르는 취미도 생겼습니다. 이를테면 동요 〈학교종〉을 이렇게 개사해서 부르는 거예요.

"학교종이 땡땡땡 어서 모이자 선생님이 우리를 기다리신다"
"생이 생이 인생이 생생 인생이 둑이 둑이 또둑이 우리 또둑이"

정말 질리지 않는 좋은 취미예요. 랑랑님도 한번 해

보셔요. 노래가 입으로 나오기 전 후다닥 가사들을 두 글자 혹은 세 글자로 자르고 나름대로 부르기 쉬운 느낌을 찾아(예를 들면 '둑이'로 부를지 '또둑'으로 부를지 같은 것들을 정하는 거죠) 불렀을 때, 어감이 딱 떨어지면 기분이 아주 좋아집니다. 인생이랑 또둑이도 싫어하는 것 같지는 않아요.

발목 걱정해주셔서 감사해요. 나름대로 야무지게 진료확인서니 영수증 같은 것들을 스캔해 보험사에 보냈습니다. 발목의 같은 부위를 자꾸 다쳐서 보험사에서 의심할까봐(뭘?) 걱정되네요. 저는 발목도 약하고 허리도 약하고 여기저기 골골대서 참 골치 아파요.

며칠 전 포르투갈의 여성 화가 파울라 헤구에 대한 다큐멘터리 〈파울라 헤구, 비밀과 이야기〉를 보았는데요. 다큐멘터리 속에서 그가 오랫동안 아팠던 배우자와의 사별로 느끼는 복잡한 감정 속에는 어떤 해방감 같은 것도 있었다고 하는 걸 들으며 괜히 뜨끔했습니다. 주변 사람들에게 해를 끼치며 살고 싶지는 않은데…… 멘탈이라도 꾹 붙잡고 있으려고요. 저는 이상하게 어디가 아프면 정신이 바짝 들더라고요. 랑랑님께서도 부디 아프지 않고 건강하시기를요. 랑랑님은 제게 좋은 사람이자, 좋은 노

좋은 음악이란 무엇인지 무슨 생각을 해, 그냥 만드는 거지

래이기도 하니까요.

2020년 12월 22일

슬릭 드림

문득 좋은 노래를 들으며 그 노래를 만든 사람의

머릿속, 마음, 손끝 같은 것들을 오래오래 상상합니다.

좋은 노래를 만든 사람이 좋은 사람이라는 믿음은

골백번도 깨지고 있지만,

눈에 보이지 않고 손으로 만질 수 없는,

붙잡아둘 수도 없고 다른 언어로 치환할 수도 없는

그 순간순간을 사랑하는 마음이 오래 쌓이기를 바라요.

이
랑

$\times$

어떤 아픔은 절대 잊히지 않습니다

슬
릭

편지를 받고 제가 좋아하는 노래에 대해 생각하다가 문득, '내 취향은 정말 내가 만든 걸까?' 하는 의문이 생겼습니다. 어릴 때 저는 캐나다에 이민 간 이모들이 보내준 한글자막도 없는 디즈니 영화 비디오테이프를 수없이 돌려보며 거기 나온 노래들을 외워 불렀습니다. 나름의 영재교육이었는지는 모르겠으나, 전 영어라면 실생활에서는 간단한 회화 정도만 가능하고, 노래방에 가면 유독 디즈니 노래를 잘 부르는 어른으로 자랐습니다.

연애를 시작하고부터는 연인이 듣는 음악을 따라 들었습니다. 일본 만화를 좋아하는 사람과 만날 땐 애니메이션 OST를 들었고, 전자음악을 좋아하는 사람과 만날 땐 다프트 펑크의 음악을 들었고, 우울한 음악을 좋아하는 사람을 만날 땐 시규어 로스나 데미언 라이스의 음악을 들었던 기억이 납니다. 그러고 보니 힙합을 듣는 사람을 만난 적이 없네요. 이쯤에서 슬릭의 플레이리스트를 공유받고 싶은 욕심이 생깁니다.

음악 활동을 시작한 뒤로 함께 공연하는 뮤지션, 밴드와 서로의 앨범을 '트레이드'한 기억이 많습니다. 축구 경기가 끝나면 상대방 국가 선수와 유니폼을 바꿔 가지는 것처럼(그 땀에 전 유니폼은 정말 집으로 가져가는 걸까요?) 공연이 끝나면 CD 판매대 앞에서 서로의 앨범을 주고받는 시간이 있었지요. 그때 상대방이 내 앨범만 받고 본인의 것을 주지 않으면 돌아서서 "쳇—" 하기도 했고요. 저는 항상 (디즈니 말고) '뭘 들어야 하지?' 고민하는 사람이었던지라 트레이드해서 받은 여러 앨범을 듣는 게 참 속 편하고 좋았습니다.

하지만 글을 쓰면서 '가사 있는 음악'을 듣는 건 무척 어려워요. 그래서 평소 인스트루멘탈instrumental* 뮤지션들의 플레이리스트를 틀어놓고 글을 씁니다. 지금은 'Under'라는 이름의 플레이리스트를 듣고 있어요. 2020년 7월에 암으로 사망한 제 친구 도진이가 투병중에 만들어준 것인데요. 제가 글쓸 때 들을 음악을 찾아 헤매는 게 안쓰러웠는지 아픈 와중에도, 약 40곡의 가사 없는 음악을 엄선해 만들어준 소중한 플레이리스트랍니다. 작년부터 이 플레이리스트에 정착해서, 글을 쓰는 날이면 첫 곡부터 재생을 누르고 익숙한 곡들을 반복해 듣습니다. 플레이리스트 설명란에는 "묻어둔 생각을 정리할 때 듣습니다"라는 한 문장이 쓰여 있어요. 참 그답게 다정하고 깔끔한 문장이에요.

---

* 보컬이 없는 연주 음악.

투병중인 친구의 컨디션이 나쁘지 않았던 2020년 6월의 어느 날, 우리는 함께 양양 바다에서 모래찜질을 하고 짧게 등산도 했습니다. 마침 그해의 마지막 부분일식이 있던 날이었는데요. 집에 돌아와 모래 묻은 발을 씻고 한숨 돌리는데 갑자기 한 친구가 "그림자가 이상해!" 하고 외치더군요. "에이, 무슨 소리야~ 그림자가 뭐가 이상해" 하고 넘어가려는 순간 누군가 "앗! 오늘 그날이잖아, 부분일식!" 하고 뉴스에서 본 내용을 기억해냈습니다. 다시 보니 정말 그림자가 이상했습니다. 그때부터 우리들은 부분일식을 맨눈으로 보기 위해 난리법석을 떨었고, 결국 선글라스를 5개 정도 겹쳐 쓰고도 눈을 한껏 찡그려가며 한입 베어먹어진 듯한 해의 모습을 겨우 확인했습니다. 그날 찍은 사진 속에 있는 산도, 바다도, 이상한 그림자와 함께 즐거워하는 우리들의 얼굴도 다 너무 예뻐서 자꾸 들여다보게 됩니다.

작년 7월, 비슷한 시기에 아이를 떠나보낸 친구와 종종 새벽녘에 이야기를 나눕니다. 친구의 아이는 생후 2개월 만에 세상을 떠났습니다. 코로나 시대인지라 자유로운 면회가 어려웠기에 안타까운 상황이었습니다. 태어나자마자 심장수술만 2번 받은 아기가 기억하는 건 단지 병원

어떤 아픔은 절대 잊히지 않습니다

풍경뿐일까, 혼자 울적해지기도 했습니다. 뮤지션인 친구는 아기를 위한 노래를 만들어 매일 면회 때마다 그를 안고 몇 번이고 노래를 불러주었다고 합니다. 부디 아기가 그 노래를 기쁘게 기억해주었기를 바랄 뿐입니다.

어느새 반년이 지났지만 여전히 떠난 사람이 그리워 울게 되는 날이면 자연스럽게 메신저를 켜고 친구에게 안부를 묻습니다. 어떤 시간에, 어떤 순간에 울었는지 찬찬히 이야기하다보면 서로 여전히 울고 있다는 사실이 위로가 됩니다. 최근엔 친구가 이런 메시지를 보내왔습니다.

"오늘 드디어 내 아픔에 대해 깨달았습니다."

아픔은 천천히 깊게 다가오고, 어떤 아픔은 절대 잊히지 않습니다.

저는 몇 년 전부터 오랫동안 기억하고 있던 성폭력 피해 경험에 대해 조금씩 이야기를 꺼내기 시작했습니다. 가까운 친구에게 이야기하고, 가해자에게 직접 말한 적도 있습니다. 여전히 하지 못한 이야기도 물론 남아 있고요. SNS에 10대 때 겪은 추행에 대해 짧게 언급했던 날, 가해자의 지인이 연락해왔습니다. 전화를 받고 싶지 않아 전화벨이 수십 번 울리는 걸 무시하다 다음날 겨우 통화했는데, '너의 아픈 경험에 통감하지만, 너무 늦게 말했기 때문에 도와줄 수 있는 게 없다'고 했습니다. 굳이 그 말을 하려고 수십 번 전화를 걸었다는 게 믿기지 않을 정도였습니다. 그래도 아픔에 대해 이야기하는 사람들은 더 많아지겠지요? 저는 여러 사람들과 이야기할 수 있는 기회를 계속 찾고 있습니다. 이 편지도 슬릭과 '함께'여서 무척 좋습니다.

2020년에 먼 곳으로 떠난 그리운 사람들을 두고, 어느새 2021년이 되었습니다. 바뀐 연도를 쓰는 게 어색해서 자꾸 20201년으로 오타를 냅니다. 지난 연말부터 이유를 알 수 없는 극심한 두통이 시작돼 며칠 동안 꼼짝없이 침대에 누워 잠만 잤습니다. 몸을 일으키는 것도, 간단한 문장을 쓰는 것도 할 수 없어서 사람들과 "새해 복 많이 받으세요!"라는 짧은 메시지를 주고받는 것도 어려웠습니다. 어제까지는 '이제 정말 끝이구나' 싶을 정도로 아팠는데, 오늘은 고통이 약간 덜해서 편지를 마무리하러 작업실에 왔습니다. 오늘 이렇게 글을 쓸 수 있어서 다행입니다. 앞으로 더 나아질지 더 악화될지 모르겠지만, 두통의 추이를 지켜보며 또 소식 전하겠습니다. 슬릭, 새해 복 많이 받으세요!

어떤 아픔은 절대 잊히지 않습니다

추신

곧 제 생일입니다(1월 5일). 셀프 생일선물로 집에서 음악 들을 수 있는 장비를 사고 싶어요. 코로나에 두통에 준이치 병간호로 집에 있는 시간이 많아져서, 갖고 있는 LP와 CD들을 쭉 들어보고 싶어졌어요. 슬프게도 저는 지금까지 본인이 낸 CD도 LP도 못 틀어봤고, 쭉 아이폰과 노트북으로 음악을 들어왔습니다…… 추천해주실 장비가 있다면 알려주세요!

2021년 1월 2일

이랑 드림

어떤 시간에, 어떤 순간에 울었는지

찬찬히 이야기하다보면

서로 여전히 울고 있다는 사실이 위로가 됩니다.

아픔은 천천히 깊게 다가오고,

어떤 아픔은 절대 잊히지 않습니다.

슬
릭

×

느리고 **확실하게**
무너져버리고 있습니다

×

이
랑

"새해 복 많이 받으세요!" 크리스마스에 캐럴송이 거리를 채우듯이 사람들은 새해가 되면 '복'을 입에 달고 삽니다. '새해 복'이란 게 뭔지는 잘 모르겠지만 다들 막 퍼주니 어쩐지 귀엽고 기분이 좋아집니다. 새해 첫 노래를 새해 소망처럼 골라 듣는 친구들을 보고 저도 새해의 노래를 선별해보았어요. 일본 애니메이션 〈신비한 별의 쌍둥이 공주〉 OST인데요. "일단은 공주니까 실수해도 괜찮아"라는 가사가 마음에 들어서 계속 부르게 되는 노래예요. 우리 모두 일단은 공주니까 실수해도 괜찮아요. 노래와 함께 신나게 새해를 맞이했지만, 실은 저는 지금 굉장히 우울한 나날을 보내고 있습니다. 해는 바뀌었지만 상황은 좀처럼 바뀌지 않는 것 같네요.

우울감이 찾아오면 견디기 힘든 것 중 하나는 바로 노래가 귀에 잘 들어오지 않는다는 사실입니다. 제 나름대로는 좋은 노래를 찾아 들으며 그 안에 담긴 영감이나 아름다움을 발견하는 기쁨으로 살아왔는데, 우울이 깊어지면 무슨 노래를 들어도 마음속 깊은 곳까지 닿기가 어려워져요. 그런 와중에 정적은 또 참을 수 없어서 괴담 라디오나 야구 뉴스 같은 걸 틀어놓고 있자면 타임 랩스 영상 속에서 하루를 보내는 것처럼 시간이 빨리 가더라고요. 아무것도 하지 않아도 해가 지고 다시 뜨고, 나 혼자만 침대에서 썩어가는 듯한 일상을 보낸답니다. 만약 이 편지가 평소보다 늦게 랑님께 도착한다면 아마도 이런 수렁 속에서 벗어나지 못했기 때문일 거예요. (미리 죄송합니다.)

이렇게 스스로를 돌보지 않게 된 데는 아무래도 코로나19의 영향이 크겠지요. 갑자기 쓸모가 없어져버린 마당에 뭐하러 스스로를 가꾸겠어요. 긍정적으로 생각해보려 해도 불이 붙지 않은 장작에 바람만 불어제치는 느낌인 걸요. 저 하나의 개인이 이 커다란 비극의 소강을 위해 크게 할 수 있는 일은 없겠지만, 저멀리 제 주변에는 거의 없는 개개인과 단체의 훼방을 접하고 또 접하며 해가 지고 다시 뜨듯 느리고 확실하게 무너져내리고 있습니다. 누군가는 역병이 돌든 말든 물리적으로 함께 모여 모시는 신을 찬양해야 하고, 누군가는 감염 경로를 확인하기 어렵게 만들면서도 불법 유흥업소를 가야만 하니까요. 이럴 땐 그냥 무너짐을 인정하고 병원에 가는 게 훨씬 나은 선택이더라고요. 처음 우울증 진단을 받았을 때는 무엇 때문에 우울한지 알면 잘 대처할 수 있을 줄 알았는데, 지금 와서 생각해보니 그렇지도 않네요. 맙소사, 이 편지가 도대체 어디까지 가라앉아버릴까요. 어설픈 변장을 휘릭 벗어버린 〈포켓몬스터〉의 로켓단이 된 기분이 드는군요.

코로나로 콘서트와 행사가 줄줄이 취소되고 시간이 많아져 새로 만든 취미도 있습니다. 바로 필사인데요. 누군가 좋은 기사를 추천해주면 나중에 시간 날 때 읽어야지, 하고 북마크해둔 후 한 번도 읽지 않더라고요. 기사뿐만 아니라 청소할 때 유용한 팁, 시력이 좋아지는 안구 운동, 간단한 자취 요리 레시피 등 지금 정독하지 않아도 되는(정확히는 지금 정독하기는 귀찮지만 언젠가 도움이 될 것만 같은) 글들을 모두 북마크며 마음함에 그대로 쌓아놓기만 하는 거예요. 하루종일 텍스트를 읽어대서 눈은 뻑뻑하고 뻘겋게 부었는데 도대체 뭘 읽었는지 생각해보면 전혀 기억나지 않기도 하고요. 의미 있고 귀한 글이 당장 눈앞에 펼쳐져 있는데도 온전하게 집중할 수 없을 것만 같아 겁나서, 공책을 펴고 한 자 한 자 타인의 글을 베껴보았습니다. 그런데 글씨가 정말 못 봐주겠더라고요. 마침 모눈공책이 있어서 원고지에 쓰듯 네모칸 안을 채우며 베껴쓴 한 문장을 여러 번 읽으니, 그동안에는 잠깐 번쩍하다 휘발되던 생각들이 조금씩 각인되는 것 같아 기뻤어요.

그렇게 일주일 정도, 시간이 날 때마다 필사를 하고 있습니다. 제일 좋은 점은 휴대폰을 덜 들여다보게 된 것이에요. 별일도 없는 SNS를 습관처럼 들락거리다가 자극받을 것이 떨어지면 유해하고 비생산적인 텍스트가 모인 커뮤니티의 게시판을 찾아가 부러 상처를 받곤 했는데 (정말 왜 이러는지 모르겠어요), 글 한 편을 오래오래 베껴 적으니 휴대폰을 들여다보는 시간이 반의 반으로 줄어들었습니다. (물론 기사도 휴대폰으로 보지만……) 긴 텍스트를 끝까지 읽는 경험도 참 소중하고요. 필사하고 나서 독서를 하면 한 문장에 머무는 시간도 늘어나서 좋아요. 수능 공부하던 때의 버릇이 아직도 남아서 문단을 읽을 때 무슨 챌린지라도 하듯 속독하는 편이었거든요. 팔이 좀 아프다는 부작용도 있지만, 늘 온몸이 여기저기 잘 쑤시기 때문에 별로 신경쓰이지 않습니다. 필사를 꾸준히 해서 습관으로 만들고 싶은데 잘 될지는 모르겠어요. 모든 것에 엄청 빨리 질리기 때문에…… (참 큰일입니다.)

우울함, 혹은 거의 모든 아픔과 상처는 극복하는 것이라기보다는 그것이 마음에 자국을 덜 남기고 지나가도록 시간을 보내는 일이 중요하다는 생각이 들어요. 그래서 가끔은 아주 오래 필사를 합니다. 같은 이유로 2년 전쯤에는 나노블록(아주 작은 버전의 레고이며 엄청난 집중력과 많은 시간이 필요한 취미입니다)에 빠졌던 것 같아요. 저는 제 우울을 누군가에게 말함으로써 우울을 전

엽시키지 않을까 하는 두려움에 '병원 다니기'와 '시간 보내기'라는 방법을 택했습니다. 그러나 아픔의 경험을 공유하는 것이야말로 깊은 기억에서 끝없이 번져나오는 우울과 상처로부터 가장 빨리 멀어지는 최선의 선택인 듯합니다.

아픔을 말하는 사람 앞에 앉아 있는 가장 상냥하고도 무지한 사람의 반응은 아마도 "네가 얼른 극복했으면 좋겠어" 혹은 "얼른 낫자! 건강이 제일이지"일 듯한데요. 저도 최근에 질병 혐오와 돌봄노동에 대한 공부를 하다가, 우리는 상대의 아픔을 너무나 쉽게 타자화하고 비정상화한다는 사실을 알게 되었습니다. 아픔의 경험을 이야기하면 가장 흔히 받는 (혹은 받아야 하는) 리액션은 '타자화'이기 때문에 아픔을 가진 사람들은 그에 대해 이야기하기를 두려워하는 것 같습니다. 물론 그전에 아픔의 경험을 내면에서 언어로 풀어내는 일도 큰 용기와 지독한 인내, 끝없는 검열과 다시 더 커다란 용기가 필요한 일이지만요. 그렇게 우물 끝에 닿은 수통을 지상으로 끌어올리듯 깊은 곳에서부터 밖으로 꺼낸 아픔에 '너무 늦게 말했기 때문에 도와줄 수 있는 게 없다'는 말을 하려고 수십 차례 전화를 걸었던 가해자의 지인은 세일러 슬릭이 정의의 이름으로 용서하지 않겠습니다.

저 역시 그동안 상냥하고 무지한 얼굴의 '건강전도사'로 살며 저지른 결례의 역사도 반성하게 되었습니다. 저는 아픔에 대해 이야기하는 일에서(특히 노래가 아닌 산문으로 적어내려가는 행위에서) 아직 명료함보다 어설픔이 더 자주 느껴지는 사람입니다. 그러나 아픔에 대해서 이야기하고 싶은 사람이 있다면 우리는 그가 원하는 시간, 원하는 장소, 원하는 말투와 원하는 청자를 갖춘 환경을 마련해주어야 합니다. 그리고 랑님의 말씀처럼 우리가 아픔에 대해 이야기할 기회가 점점 더 많아지길 간절히 바라고, 제가 그 기회를 만드는 데 도움이 되기를 바랍니다. 제게 아픔에 대해 이야기해주셔서 감사드려요.

서로 멀리 있어도 마음은 함께일 수 있다는 말은 참 예쁘지만 점점 두려워요. 이렇게 편지를 쓰는 것도 기쁘지만 곁에서 더 작고 미묘하고, 그렇지만 분명히 존재하는 신호를 서로 감지하고 이해하고, 같은 공간에 흐르는 분위기를 공유하며 '또 만나자'는 말을 건네고 싶어요. 아픔에 대해 이야기하는 랑이님 곁에서 무슨 말로 위로를 (감히?), 공감을, 이해를 건네드릴 수 있을지 머리를 굴리는 동안 말로 표현하기 어려운 마음을 침묵으로 나누고 싶어요. 함께 커피를 마시고, 커피가 담긴 컵은 어디서 난 것인지 궁금해하고 싶어요. 밥 먹을 때가 되어 식당으로 향하는 동안 근처에 사는 친구가 떠올라 함께 먹자고 부르고 싶어요. 새해 복도 원격으로 전송이 가능할까요?

2021년 1월 18일
슬릭 드림

이
랑

×

운신을 새기고 온천에 가고 싶습니다

×

슬
릭

답장이 늦었습니다. 그래도 제 마음과 머릿속 한구석에 항상 슬릭이 있다는 것을 알아주셨으면 합니다. 작년에 편지를 주고받기 시작한 뒤 자연스럽게 슬릭을 자주 생각하게 되었는데요. 제가 친언니를 생각하는 빈도와 비슷하답니다. (그게 얼마큼인지 모르시겠지만……) 평소에 대화를 자주 나누거나 자주 만나는 상대가 아니었던 슬릭에게 생긴 이 산뜻한 집착이 신기합니다. 이른새벽, 늦은 오후 잠에서 막 깼을 때, 자전거를 타면서, 밥을 먹다가 '슬릭한테 편지 써야지!' 하고 생각한 시간들을 모아 손에 잡히는 뭔가로 만들어 보여드리고 싶어요. (그게 바로 편지인 걸까요?!)

지난 편지에서 슬릭의 필사 이야기를 읽고 깜짝 놀랐습니다. 제가 살면서 단 한 번도 해본 적 없는 일이거든요. 도대체 슬릭이 어떤 생각의 흐름으로 필사에 다다른 것인지 (편지에 쓰여 있지만) 신기할 따름이었습니다. '마침 모눈공책이 있었다'는 사실도 놀라웠습니다. 모눈공책의 모눈 사이즈도 궁금하네요. 원고지칸처럼 작은 네모인지, 한자공책의 칸처럼 큰 네모인지.

한자공책을 떠올리는 바람에 제가 몇 개월간 시달렸던 '구몬 한자'의 기억이 자동으로 소환돼버렸습니다. 일본을 자유롭게 드나들 수 있었던 2019년의 일입니다. 당시 저는 한두 달에 한 번은 꼭 일본 출장을 갈 일이 있었는데요. 수년간 현장에서 생으로 익힌 일본어 구사로(주변에 한국어를 할 수 있는 사람이 아무도 없었기 때문에) 일본인들과 대화하는 데 힘든 점은 전혀 없었으나, 한자를 잘 모르기에 텍스트에는 한없이 취약한 상태였습니다. 2011년부터 공연으로 오가기 시작했던 일본 일이 점차 확장되면서 그사이 1, 2집 앨범은 물론이고 저의 에세이집과 소설집도 번역해서 발표했습니다. 자연히 일본 작가들과 교류할 일도 생겼고 그들에게 책을 선물 받는 일도 많아졌습니다만, 한자를 읽을 수 없어 느끼는 답답함은 점점 더 커졌습니다.

그러던 어느 날, 작업실 근처에서 밥을 먹고 돌아오던 길에 선물로 보이는 물건을 쌓아두고 포장마차처럼 불을 환하게 밝힌 '구몬' 부스를 발견했습니다. 혼자 다가가긴 어려운 풍경이어서 옆에 있던 작업실 동료 한유주(소설가)를 꼬드겨 환한 불빛이 이끄는 '구몬' 부스로 함께 다가갔습니다. 조금 추운 날씨여서인지 그곳은 유독 따뜻하고 환해 보였던 것으로 기억합니다. 저희는 NPC*처럼 '구몬' 부스를 지키던 한 중년 여성분의 도움을 받아 '구몬 한자'를 속전속결로 등록하고, 작은 도시락통을 선물 받아 작업실로 돌아왔습니다. 하지만 막상 '구몬 한자'를 시작하고 보니 한국 한자와 일본 한자, 중국 한자가 모두 다르다는 것을 알게 되었습니다. 심지어 그 셋 중에 가장 복잡한 게 한국 한자더군요. 그때 일본어로 과목을 바꿔도 됐을 텐데 제가 부추겨서 같이 한자공부를 시작한 유주 언니에게 미안하기도 하고 '기왕 시작한 거, 한국 한자도 모르니까 일단 그냥 해보자' 하고 일주일에 한 번 찾아오는 구몬 선생님 앞에서 쪽지시험을 봐가며 한자를 몇십 자씩 외우기 시작했습니다. 하지만 여간 복잡해서 외워지지 않는 글자들이 나오기 시작한 뒤, 그보다 훨씬 간단한 모양의 일본 한자를 떠올리며 '이건 일본에서는 안 쓰는 한자인데 외워서 뭐해?' 하고 마음이 느슨해져 결국…… 그렇게 됐습니다. 제 책꽂이 한쪽에는 미처 해결하지 못한 '구몬 한자' 몇십 주 치가 쌓여 있습니다. 언젠가 한없이 심심한 날 꺼내서 공부하려고 꽂아두었는데, 방금 얼마나 쌓여 있는지 확인한다고 7개월 만에 처음 꺼내봤습니다.

슬릭의 필사는 언제든 가벼운 마음으로 그만둘 수

---

* Non-Player Character의 줄임말. 게임에서 플레이어가 조작할 수 없는 캐릭터로 퀘스트 제공이나 스토리 진행 등의 도우미 역할을 맡는다.

있으니 좋네요. 매주 문자메시지를 보내고 문을 두드리는 구몬 선생님도 없고, 매달 자동으로 빠져나가는 돈도 없으니 부담없이 필사의 순간을 즐기시길 바랍니다.

올해 저는 공연의 ㄱ자, 라이브의 ㄹ자가 담긴 제안을 아직 한 번도 받지 못했습니다. 작년에 몇 번 경험한 온라인 라이브에 좀 익숙해지나 싶었는데 요 몇 달 섭외 소식을 전혀 접하지 못했더니, 이제는 코로나의 문제인가 내 음악의 문제인가 모르게 돼버렸습니다. 코로나의 문제라고 해도 우울하고, 내 음악의 문제라고 해도 우울해서 어제는 자정이 넘은 시간에 옷을 훌렁 벗고 몸에다 그림을 잔뜩 그려봤습니다. (이게 갑자기 무슨 전개냐고 하실 것 같네요.)

몸에 그림을 새기고 싶은 욕구를 오랫동안 실현하지 않았던 가장 큰 이유는 일본 온천에 갈 수 없기 때문이었습니다. 무척 낡은 생각이지만 '문신=야쿠자'라는 이미지가 여전히 강한 일본에서는 몸에 작은 문신이 있어도 온천이나 공중목욕탕에 들어갈 수가 없답니다. 문신이 있어도 들어갈 수 있는 곳이 드물게 있다고는 하나 10년간 다양한 온천과 목욕탕에 드나들면서 아직 발견하지는 못했습니다. 그간 일본 활동에서 가장 좋아했던(과거형의 슬픔) 시간은 여러 지역의 소바를 먹고 온천에 가는 시간이었기 때문에, 새로운 지역에 공연이 잡히면 공연장이나 숙소와 가까운 온천을 꼭 찾아갔답니다. 가는 온천 입구마다 "문신 금지!"라고 쓰여 있었고 그 문구에 반발심도 의문도 많이 들었지만, 일단 빨리 들어가서 노천탕에 몸을 담그고 싶었습니다. 그렇게 몸에 그림을 새기고 싶은 마음을 꾹 참고 민둥민둥한 피부로 노천탕에 직진해왔습니다만 비행기도, 온천도, 영화관도, 관객이 있는 공연장도 경험하지 못한 채 벌써 일 년이 지나버렸네요. 지난주에는 작은 화장실에 들어가는 사이즈의 욕조가 있나 인터넷 쇼핑몰을 돌아다녔고요. (우물처럼 생겨서 안에 쪼그려 앉을 수 있는 반신욕조가 있더군요.) 어제는 갑자기 몸에 그림을 그리고 싶어졌답니다.

저는 예전부터 종종 몸에 그림을 그렸습니다. 볼펜이나 붓펜 등으로요. 몸에 그림을 그린 채로 밖에 나갈 때도 있고, 몸과 얼굴에 빈틈없이 잔뜩 그림을 그리고 혼자 거울로 구경하다 샤워할 때도 있습니다. 몸에 뭔가를 새긴다면 무척 많이 새기고 싶습니다. 언젠가 새기기 시작하면 그때부터 일본 온천과 개인적으로 사이가 틀어지거나 문신한 사람도 온천에 갈 수 있도록 일본 사회와 싸움을 시작할지도 모르겠습니다. 하나가 아니라 많은 그림을

원하기 때문에 어디에 어떤 것으로 시작하든 상관없을 것
같지만, 그래도 뭐부터 그리면 좋을까 생각하다 어제는
양쪽 어깨에 오리 하나와 유령 하나를 그려보았습니다.
오리와 유령은 제가 제일 좋아하는 생명체들입니다. 어깨
에 그린 뒤 팔뚝에 그리고 가슴에, 배에, 목에 그리다가 이
마, 코, 볼과 턱까지 그림을 채웠습니다. 거실에 앉아 핸드
폰을 만지작거리던 파트너에게 등을 맡기며 가능한 한 크
게 준이치를 그려달라고 했더니 공 3개와 놀고 있는 준이
치를 호랑이처럼 그려주더군요. 그런데 등에 그린 그림은
거울에 비춰봐도 시원하게 잘 안 보여서 답답했습니다.

　어제 그렇게 그림을 그리다 또 슬릭 생각을 했습니
다. 여름에 슬릭을 만났을 때 소매 밑으로 살짝 보이는 팔
에 그림이 많았는데, 어떤 순서로 어디에 무엇을 새겼는
지 물어보고 열심히 관찰할걸 하는 생각이 들었어요. 평
소에 저는 손등과 팔을 메모장으로도 자주 씁니다. 며칠
이 지나면 자연히 지워지지만 하루 동안 꼭 해야 하는 일
들을 기억할 수 있어 무척 편리하게 쓰고 있습니다. 제 팔
과 손등에는 주로 "집주인에게 전화!" "준이치 모래"
"적금 만기" 같은 메모가 적혀 있지만 "슬릭에게 편지 쓰
기"라는 메모도 언젠가 쓰게 되지 않을까 싶습니다. 가끔

"랑이 힘내" "랑이 잘한다"라고 적을 때도 있습니다. 이렇게 몸에 뭔가를 새기고 싶은 제 욕망은 어디에서 온 것인지 모르겠습니다. 슬릭에게는 어떤 이야기가 있을지 궁금합니다. 필사의 시간을 보내다 생각나면 꼭 그 이야기를 들려주세요.

2021년 2월 1일

이랑 드림

우울함, 혹은 거의 모든 아픔과 상처는

극복하는 것이라기보다는

그것이 마음에 자국을 덜 남기고 지나가도록

시간을 보내는 일이 중요하다는 생각이 들어요.

평소에 대화를 자주 나누거나

자주 만나는 상대가 아니었던

슬릭에게 생긴 이 산뜻한 집착이 신기합니다.

슬
릭

×

양팔 가득 문선을 채우고
온천에 입장하는 방법!!!

×

이
랑

어느덧 완연한 기후위기입니다. 그제는 영하 14도였는데, 어제는 영상 12도, 그리고 오늘은 다시 영하 2도네요. 저희 집은 세탁기가 실외 테라스에 있어서 세탁기 돌릴 타이밍 잡기가 영 어려운 시기를 보내고 있는데, 랑랑님네 집은 어떤 기후위기를 겪고 있는지 궁금합니다. 사실 기후위기는 세계적으로 아주 심각한 사안이기도 합니다. 코로나, 기후위기, 미세먼지 등 전 지구적인 환경문제들이 개개인에게 어떤 심각한 피해를 입히고 있는지 무척 걱정되고 농담거리로 사용할 사안이 아니라는 것도 알지만, 우울하고 슬플 때 작은 인간이 할 수 있는 일은 역시 일단 웃고 다시 슬퍼하는 일뿐인 것 같아 이렇게 편지를 시작합니다.

저도 제가 필사라는 것을 하게 될 줄은 전혀 예측하지 못했습니다. 태어나서 단 한 번도 필사해본 적이 없었고, 청소년 시절 필사라는 취미가 있다는 것을 알게 되었을 때 머릿속으로 시뮬레이션을 돌려본 적은 있지만, 손의 느림을 의식의 조급함이 절대로 참아주지 못할 거라고 결론지었기 때문에 아예 시도할 생각조차 하지 않았더랬지요. 지금은 필사 전도사가 되어 필사의 매력을 여기저기 설파하고 있지만요.

양팔 가득 문신을 채우고 온천에 입장하는 방법

필사를 하며 가장 먼저 느낀 건 누군가의 깊은 생각이 담긴 글을 오래도록 보는 기쁨이었습니다. 트위터에서 보는 140자 이내의 짧고 웃긴 글도 좋고, 인스타그램 속 사랑하는 친구들의 멋진 셀카도 좋지만, 그런 것들은 장기기억을 담당하는 뇌 속에는 절대로 들어가지 않는 것 같아 무언가를 오래 몰입해 보지 않는 한 왠지 뇌 한구석의 기능이 퇴화되는 느낌이 들었거든요. 그리고 청소년 시절 머릿속으로만 상상했던 과정과 달리 손의 느림은 오히려 의식의 자유를 주었습니다. 음절을, 단어를, 문장을 천천히 따라 적는 동안 '글쓴이는 왜 이런 단어를 골랐을까' '어떻게 이런 생각을 하게 된 걸까' '이다음에는 어떤 내용이 이어질까'와 같은 생각들이 가득 들어찼어요. 필사가 진행되면서 그런 물음들의 정답을 알게 되지만 다르게 생각했어도 괜찮은, 아니 괜찮은 정도가 아니라 그 다름이 재미있어서, 마치 목숨을 건 결투나 시간제한, 승패가 없는 게임처럼 느껴졌습니다. 게임의 세계는 아주 깊고 넓어서 〈젤다의 전설〉이나 〈포켓몬스터〉처럼 스토리가 웅장하고 액션이 다이내믹한 명작 게임만 있는 게 아니라 평화를 사랑하는 사람의 취향에 딱 맞는 소소한 인디퍼즐게임도 있잖아요. 딱 그런 게임을 찾은 듯했습니다.

그렇게 첫 필사를 마친 저는 모눈공책을 사랑하게

되었고, 맨 앞장에 쓸 말을 찾다가(라임노트rhyme note*를 오래 써서 그런지 좋아하는 공책 맨 앞장에 명언 같은 걸 적는 행위를 좋아합니다) 회원이 저 한 명뿐인 필사 모임의 이름을 짓고 공책에 적었습니다. 필사모임의 이름은 '필사적'입니다. (중의적 의미입니다.) 창단 멤버는 저뿐이지만 지금은 회원이 3배나 늘어 무려 3명입니다. 아무튼 저는 이렇게 필사를 시작하게 되었고, 한 달여 정도의 시간이 지난 지금까지 꾸준히 하고 있습니다. 언제 그만둘지는 저도 몰라요. 무언가 목표를 이루려고 만든 취미가 전혀 아닐뿐더러 오래하면 팔이 좀 아프거든요.

펜으로 몸에 그림을 그린다는 글을 읽고 매우 신기해하며 저도 시도해보았습니다. 마침 며칠 전 급하게 계단을 오르다 갈비뼈 어딘가를 쿵 부딪혀서 그 부분에 펜으로 엑스자를 그려놓았습니다. 만취 상태였어서 다음날 아침에 일어나 부딪혔다는 사실을 까먹을까봐요. 그러나 만취 상태의 제가 늘 그렇듯, 그건 어리석은 생각이었습니다. 술이 깨니까 더 아팠거든요. 병원에 가서 엑스레이를 찍으니 엑스레이상으로 잘 보이지 않을 만큼 뼈에 얇

---

* 래퍼들이 라임을 기록해두는 노트.

양팔 가득 문신을 채우고 온천에 입장하는 방법

게 실금이 갔다며 전치 4주 판정을 받았습니다. 일단 일상 생활에 큰 지장이 없고(풋살을 못하게 되었다는 비극을 제외하면요) 꾸준히 물리치료를 받고 있으니 걱정은 마셔요.

각설하고, 몸에 펜으로 그림을 그린 경험은 이번이 처음이지만 저는 참 많은 타투를 가지고 있습니다. 처음 타투를 하고 싶었던 이유는 '멋있어 보여서'였습니다. 아시다시피 저는 힙합신에 몸담고 있던 사람이었기에(이렇게 말하니 뭔가 나쁜 일을 행했던 사람 같군요) 멋진 타투를 잔뜩 새긴 사람들을 많이 만났고, 그게 정말 멋있어서 나도 언젠가는 꼭 타투를 하리라 마음먹었습니다. 저의 외형과 어울리는 타투 도안이 무엇일지, 누구에게 타투 시술을 받아야 후회하지 않을지 몇 년을 고민하고(그 와중에 부모님도 설득하고) 시술받을 돈을 모아 마침내 제가 첫번째로 선택한 도안은 바로 '호버만 스피어Hoberman Sphere'였습니다. 보통 이렇게 말하면 잘 모르고, 월미도 등 유원지에서 파는 플라스틱 요술공이라고 하면 다들 알더라고요. 지금의 저는 타투 도안을 선택할 때 그냥 귀엽거나 기존에 새긴 타투들과 잘 어울리는 그림을 선택하지, 심오한 의미를 담지는 않아요.

첫 타투 '호버만 스피어'는 제 기억으로 2016년쯤에

새겼습니다. 하필 대학교 기말고사와 아르바이트가 겹치는 시기에 작은 공연에까지 섭외를 받아서 스트레스가 이만저만이 아니던 때였는데요. (다행히 기말고사가 끝나는 날 공연을 했기에 뒤풀이 느낌으로 시원하게 잘했습니다.) 그날 공연에 저를 섭외해준 친구가 제 노래들을 정말 좋아하더라고요. 사실 그래서 이 공연을 기획했다고 했고, 공연 포스터에도 제 얼굴이 대문짝만하게 그려져 있었습니다. 지금 생각하면 민망할 따름이네요. 공연날 다급하게 기말고사를 마치고 커다란 캠퍼스를 빠져나와서 신촌의 작은 공연장으로 향하는데 문득 이런 생각이 들었습니다. 누군가에게 나는 정말 작은 존재이고, 또 누군가에게는 정말 큰 존재일 수도 있겠다. 그래서 그 공이 생각났습니다. 요술공이라 커졌다 작아졌다 하잖아요. 저와 비슷한 존재라고 생각해서 첫 타투 도안으로 그 공을 골랐던 기억이 나네요. 실제로 받아보니 색깔도 예뻤고요. 이 오묘한 색감의 타투는 그후에 알록달록한 타투들을 새기는 데 큰 영향을 미쳤습니다. 말하자면 제 타투 역사에서 조상님 같은 도안이군요. 이 자리를 빌려 제 몸에 예쁜 타투를 그려주신 타투이스트 세윤님께 감사 인사를 전합니다. 지금은 한국에 계시지 않아 안타까울 따름이지만 언젠가 계시는 곳까지 쫓아가 또 타투 시술을 받고 싶을

양팔 가득 문신을 채우고 온천에 입장하는 방법

만큼 제가 가장 사랑하는 타투이스트 선생님입니다.

세윤님이 제 몸에 타투를 그려줄 때면 기분이 좋아집니다. 제 맘을 들여다본 듯 제가 원하는 걸 그림으로 표현해주고, 타투 시술을 받는 동안에도 아프지 않냐, 괜찮냐, 쉬었다 해도 되니 천천히 하자고 세심하게 말씀해주시거든요. 세윤님이 그린 타투들은 모양도 색깔도 완벽하지만, 시술받을 때의 기억도 그만큼 아름답습니다. 그런데 팔 안쪽, 그러니까 겨드랑이 아래쪽 연한 살갗에 타투를 새길 때만은 너무나 아팠어요. 흑백 타투여서 컬러 바늘을 쓰지도 않았는데(색을 칠하는 컬러 바늘이 선을 그리는 바늘보다 5배 정도 더 아픕니다) 눈에 눈물이 고였어요. 울면서 시술받은 타투는 그게 처음이자 마지막입니다. 랑랑님께서도 타투하러 가실 때 꼭 참고하세요. 타투 시술을 받는 부위는 (물론 개인차가 있지만) 살갗이 뼈와 가까울수록, 그리고 간지럼을 타는 부위일수록 더 아픕니다.

지금 제 몸의 타투가 20여 개에 이르기까지 타투 때문에 온천을 갈 수 없다는 생각은 미처 하지 못했습니다. 왜냐하면 제 타투들은 다 엄청 귀엽기 때문에 한국 목욕탕에서는 크게 문제되지 않았거든요. 그러나 타투의 귀여움을 차치하고, 타투 때문에 일본 온천에서 위기를 맞은 경험이 제게도 있습니다. 오키나와 여행 도중 온천에 갔습니다. 입구에 이미 용문신이 새겨진 등 위로 빨간 동그라미와 대각선이 그려진 타투인 출입 금지 표지판이 놓여 있더라고요. 그치만 전 다행히도 팔에만 타투가 있고 그날은 긴팔을 입었기 때문에 어떻게든 되지 않을까 하고 세상 순진한 얼굴로 입장했습니다. 게다가 놀랍게도 옷을 벗고 탕에 들어가는 데까지도 성공했습니다. 역시 제 타투들이 귀여웠던 공이 큰 걸까요? 아무튼 아무도 저를 쳐다보지 않고, 누구도 저를 제지하지 않았기 때문에 신나게 목욕을 즐겼습니다.

그런데 그 온천은 지정된 시간마다 직원분이 모든 탕을 돌며 온도와 수질 체크를 하더군요. 위기상황이 찾아왔습니다. 저분한테 타투한 제 몸이 들키면 저는 알몸으로 창피를 당하고 다시는 일본의 온천을 이용할 수 없게 될지도 모르잖아요. 그래서 제가 택한 임시 대처는 최대한 양팔로 제 몸을 끌어안아 타투가 없는 사람인 것처럼 가장 깊은 탕 안에 숨어 있는 것이었습니다. 완벽한 해결책은 아니었지만, 아무튼 직원분은 저를 못 본 채 루틴을 끝냈고 저는 무사히 목욕을 마칠 수 있었습니다. 그리고 제가 묵었던 에어비앤비 주인분에게 이 에피소드를 들

양팔 가득 문신을 채우고 온천에 입장하는 방법

려주었더니 "너 혹시 등에 용문신 있니?"라고 물어보는 거예요. 저는 제 귀여운 타투들을 보여주며 "이게 다인데 요……"라고 대꾸했죠. 그랬더니 주인분은 하하하 웃으며 그 정도의 깜찍한 사이즈들은 봐준다고 하더라고요. 오키나와 지역 한정의 일일 수도 있음을 말씀드립니다.

아참, 랑님께서는 타투에도 비건과 논비건이 있다는 사실을 아시나요? 사용하는 잉크부터 케어 과정에서 쓰는 크림 제품까지, 몸에 그림을 새기는 과정에서도 동물에 대한 착취와 차별이 존재하는지는 사실 저도 몰랐습니다. 비건이 되기 전엔 몰랐던 사실을 비건이 되고 나서 알게 된 경험은 또 한 트럭이지만요. 그래서 저도 비건 타투이스트들을 만나며 더 많이 공부하고 있습니다. 랑님께서 첫 타투를 받게 되면 꼭 비건 타투이스트분께 받았으면 하는 바람이 생기네요. 그리고 저의 개인적인 사례에서 비롯된 깨달음이지만 레터링 타투는 별로 추천하지 않습니다. 일단 글씨체를 고르는 과정이 너무 힘들고요. 타투 세계에서 쉽게 고를 수 있는 글씨체들은 뭐랄까, 갱스터 느낌이 나거든요. 하지만 그것도 랑님의 자유이니 제가 레터링 타투를 하려고 고민했을 때, 그리고 포기했을 때의 마음을 전달해드리려고 말씀드렸습니다. 아, 랑님께서는 그림도 글씨체도 랑님 마음에 쏙 들게 직접 그린 도안으로 받으셔도 되겠네요!

준이치가 조금 힘든 시간을 보내고 있다는 소식을 접했습니다. 저의 모든 건강 증진에 대한 초능력을 준이치에게 보냅니다. 준이치, 할 수 있다! 넌 준이치니까. 파이팅!

2021년 2월 27일

슬릭 드림

양팔 가득 문신을 채우고 온천에 입장하는 방법

이
랑

×

건강하지 않은 춘이치와 제가
함께 살아가는 모습을 지켜봐주세요

×

슬
릭

저는 최근에 준이치의 요양보호사로 취직했답니다. 준이치는 얼마 전 고양이치과에서 구내염을 진단받고 발치수술을 위해 사전검사를 하다 가슴에 물이 가득찬 것이 발견됐습니다. 치과 선생님이 "응급상황이니 지금 당장 2차 병원으로 달려가세요!"라고 말했을 때부터 전 울기 시작했습니다. 울면서 택시를 잡아타고 응급병원으로 가 준이치를 입원시켰고, 하루 동안 중환자실에서 몇 가지 처치로 안정시킨 뒤 병원을 옮겨다니며 검사를 했습니다. 그리고 준이치는 특별한 원인 없이 림프액이 새서 가슴에 희뿌연 물이 차는 '특발성 유미흉'이라는 진단을 받았습니다. 흉수가 빨리 차는 동물 친구들은 이삼일에 한 번씩 병원에 가서 주사기로 물을 뺀다고 하네요. 그보다는 느리지만 준이치의 흉수도 꾸준히 차오르고 있어서 곧 또 가슴에 주삿바늘을 찔러넣어야 합니다. 흉수가 얼마나 찼는지는 엑스레이로만 확인할 수 있기 때문에 준이치를 병원에 자주 데려가야 해요. 나이가 많은 준이치는 단지 병원에 오는 것만으로도 컨디션이 무척 안 좋아져서 제 눈이 엑스레이라면 얼마나 좋을까 생각했습니다.

아무리 몸과 마음을 다해 설명해도 병원에 가고, 몸에 주사기를 꽂고, 강제로 눕혀져 엑스레이나 CT를 찍는 이 모든 과정이 준이치에게는 무척 어리둥절하고 화도 많이 나는 모양입니다. 병원에 다녀온 준이치는 벽을 보고 돌아누워 얼굴을 보여주지 않네요. 이렇게 화가 많이 난 준이치에게 매일 약도 먹여야 합니다. 구내염 때문에 먹던 약과 흉수 때문에 먹는 약까지 매일 캡슐약 여섯 알 이상을 먹입니다. 유튜브에서 다양한 고양이 약 먹이기 영상을 보고 따라해봤지만 차례로 다 실패했고…… 앞으로 이 난 관을 어떻게 헤쳐나갈지 걱정이 많습니다. 하—아—

흉수가 찬 것을 처음 발견하고, 준이치를 중환자실에 입원시키고, 검사를 통해 특발성 유미흉 진단을 받은 지 이제 막 열흘이 좀 넘었는데, 저희 집 풍경은 너무 많이 변했어요. 준이치는 지금 산소방*에서 낮잠을 자고 있습니다. 거실에서 글을 쓰는 제 옆에서는 산소발생기가 종일 '우웅우웅 쉬익쉬익' 합니다. 집에 있던 간식과 사료는 이웃 고양이들에게 다 나눠줬고, 그 자리에는 저지방 습식캔과 처방사료, 그리고 매일 먹여야 하는 약들이 주욱 늘어섰습니다. 저와 제 동거인은 하루에도 몇 번씩 준이치 호흡수를 체크하고, 시간 맞춰 준이치에게 밥과 약을 먹이고, 오줌과 똥의 양을 확인하고, 몸무게를 잽니다. (흉수가 많이 차면 몸무게도 늘더군요.)

---

* 필요한 산소를 공급하기 위해 산소발생기를 호스로 연결한 작은 아크릴방.

이렇게 집에 오래 있어본 건 처음인 것 같아요. 보통 저는 눈뜨면 바로 작업실에 가고, 종일 작업실에서 일하고, 밤늦게 집에 돌아와 지쳐 눕는 일과를 반복해왔거든요. 집을 쉬는 용도로만 쓴 지 오래됐기 때문에 책장도 책상도, 제가 좋아하는 온갖 스케줄표와 서류도 없는 집에서 일하려니 너무 힘듭니다. 아이러니하게도 가장 최근에 마감한 원고가 '프리랜서의 업무 효율을 높여주는 정리법'에 관한 글이었는데요. 제가 얼마나 작업실을 잘 정리하는지, 각종 서류들을 얼마나 체계적으로 각 잡아서 관리하는지를 책상도 없는 집에서 쪼그려 앉아 썼답니다. 지금도 작업실에 두고 온 최신형 노트북이 아닌 집에 있는 아홉 살 된 구형 노트북으로 슬릭에게 편지를 쓰고 있습니다. 이 녀석이 자꾸 버벅거리는 통에 빡이 치네요.

변화는 항상 갑작스럽게 찾아오는군요. 한 가지 변화에 적응할 시간도 없이 또다른 변화가 바로 찾아오고. 대체 왜 그러는 걸까요. 작년엔 코로나로, 친구의 죽음으로 내내 당황해하고 어리둥절해하며 지낸 것 같은데 올해는 준이치의 요양보호사가 되어 3월을 맞이했어요. 하지만 그 어떤 변화도 제가 적응하는 걸 기다려주지 않으니 빠르게 태세 전환을 할 수밖에요. 오늘도 얼마나 많은

건강하지 않은 준이치와 제가 함께 살아가는 모습을 지켜봐주세요

사람들이 이런저런 변화에 당황해하고 있을까요. 어쩌면 '한결같은 사람'이라는 건 유니콘 같은 존재일지도 모르겠습니다. (음악가 김목인의 〈한결같은 사람〉이라는 곡이 떠오르네요.) 요즘 너무 많이 울었는데 지금은 조금 안정됐습니다(라고 쓰고 방금 좀 울었습니다). 처음엔 "준이치 죽으면 사러가 마트에 번개탄 사러 갈 거야" 하며 주변 사람들을 걱정시켰는데요. 지금은 준이치가 고통받는 시간을 조금이라도 덜어주는 걸 최우선으로 생각하고, 그 기준에 맞춰 여러 가지를 준비하고 결정하려고 합니다. 이 모든 결정을 준이치가 아닌 제가 하는 것에 대한 책임감, 죄책감, 부담감 등 많은 감정이 듭니다. '보호자'라는 이름이 너무 무겁게 느껴지네요.

작년부터 준이치가 화자인 '나는 준이치다 너는 이랑이고'라는 제목의 에세이를 격월로 연재하고 있어요. 준이치가 된 것처럼 상상하며 글을 쓰는 것이 재미있으면서도 많이 슬프답니다. '나는 밖에 나가지 못하게 하면서, 이랑은 집을 두고 매일 어디에 가는 걸까' 같은 이야기를 씁니다. 다른 존재의 입장에서 같은 사건을 어떻게 다르게 보는지 상상해서 쓰다보니 오히려 제 모습을 많이 돌아보게 되더군요. 영화과 다니던 시절에 가장 이해하기 어려웠던 친구를 주인공으로 만들어 그의 입장에서 스토리를 써보니 같이 겪었던 사건이 새롭게 보이고, 제가 그에게 잘못했던 일이 생각났던 것과 비슷한 경험이에요. 이야기를 만드는 사람으로서 종종 이런 작업을 하는 게 저를 객관적으로 볼 수 있는 하나의 방법인 것 같습니다.

'사람들이 나를 어떻게 볼까?'

이 질문에서 자유로운 사람이 있을까요? 제 모든 사생활을 까발리고 싶진 않지만 단편적인 모습만으로 평가받는 건 싫고, 너무 나서긴 싫지만 잊히고 싶진 않고…… 제가 저를 가장 잘 아는 것 같지만 그게 완전히 착각일 수도 있고. 참 어렵네요. 올해 초부터 이런저런 고민을 하다 몇 개의 미팅을 잡았습니다. 사진작가인 친구에게 어떤 이미지든 좋으니 저를 모델로 작업해보면 어떨지 권유해보았고요. 영상 작업을 하는 친구에게도 비슷한 부탁을 했습니다. 앞으로 어떤 식으로 활동하면 좋을지 의견을 구하고자 에이전시를 소개받아 만나보기도 했습니다. 이렇게 다른 사람의 시선으로 저를 보는 경험은 재미있어요. 제가 가진 재료라고는 저 하나뿐이지만 어떤 훌륭한 요리사는 이 재료로 엄청 맛있는 요리를 만들지도 모르잖아요. 막상 저는 이 재료를 좋아하는지 대답하기가 어렵네요. 그게 상관이 있을까 싶기도 하고. 요즘엔 저보다 준

건강하지 않은 준이치와 제가 함께 살아가는 모습을 지켜봐주세요

이치를 보살피는 게 더 중요해서 그런 걸까요?

어제 잠깐 작업실에 다녀오는 길에 자전거를 주차하다가 문득, 준이치가 아프고 나서 저에 대한 생각으로 괴로워하는 시간이 줄었다는 사실을 깨달았습니다. 저는 제 인생이 괴로워 자주 울던 사람이거든요. 이렇게 괴로운 삶을 왜 살아야 하나, 당장 죽지 않아야 하는 이유가 뭔가 하면서요. (대부분은 '준이치 보호자로서 먼저 죽을 순 없다'고 결론짓고 잡니다.) 그런데 준이치 요양보호사 일이 빡세진 뒤로 '나는 왜 살아야 하나' 고민하는 시간이 싹 사라졌어요. 좋은 효과라 해야 할지는 모르겠지만. 아무튼 어제는 '내가 나 때문에 울지 않게 됐네. 신기하다⋯⋯'라고 생각하면서 자전거를 주차했답니다.

준이치의 투병 소식을 SNS에 알렸더니 "준이치 아프지 마! 빨리 건강해져!!" 하는 댓글이 많이 달렸어요. 그 댓글들이 고마운 동시에 '준이치는 이미 건강하지 않은 삶이 시작됐는데⋯⋯' 하는 생각이 들었습니다. "아프지 마! 건강해져!"라고 말해준 사람들이 건강하지 않은 준이치도 물론 좋아해줄 테지만 이미 준이치는 건강하지 않고, 시간을 되돌릴 수도 없고, 앞으로 더 건강하지 않은 모습을 보게 될 거라는 말을 하고 싶었어요. 그러고 보니 암 투병을 했던 제 친구가 숙명여대 트렌스젠더 합격생의 입학을 반대하는 뉴스 기사를 보고 유난히 수척한 모습의 셀카를 올렸던 날이 생각나네요. 그 사진 아래에는 그간 자신의 SNS에 '예쁘게 아픈' 사진만 의식해서 올렸던 것이 아닌지, 많은 사람들처럼 그도 정상 신체 이미지에 집착했던 것은 아닌지 생각하게 되었다는 글이 쓰여 있었어요. 대체 '정상'이 뭘까요. (참고로 저는 '비정상회담'이라는 프로그램 제목을 몹시 싫어합니다.)

앞으로 준이치는 병원에 더 자주 가게 될 거예요. 아직은 두툼한 몸매에 큰 변화가 없지만 곧 살도 많이 빠질 거예요. 스스로 먹거나 싸는 일은 더 어려워질 테고요. 저는 집에 더 오래 머무르게 될 거고, 곧 작업실에 있는 책상과 책장들을 집으로 가져오게 될지도 모르겠어요. 그리고 이번 달에는 운전면허를 따야 합니다. 준이치 상태를 보고 병원에 달려가야 하는 날이 많아질 거라 기동성을 높이기 위해 운전을 시작해보려고요. 준이치와 같은 나이에 췌장염으로 떠난 이웃 고양이 팔계의 보호자님이 제게 자동차를 선물해주셨어요. 팔계가 타던 열일곱 살 된 마티즈는 준이치 구급차로 2021년을 우리와 함께 달릴 예정입니다. 저는 서른여섯 살이지만 처음 해보는 일이 아직도 많네요. 그래서 매일 심심하지는 않답니다. 건강하지

건강하지 않은 준이치와 제가 함께 살아가는 모습을 지켜봐주세요

않은 준이치와 제가 함께 살아가는 모습을 지켜봐주세요,
슬릭.

2021년 3월 11일

이랑 드림

문득, 준이치가 아프고 나서

저에 대한 생각으로 괴로워하는 시간이

줄었다는 사실을 깨달았습니다.

저는 제 인생이 괴로워 자주 울던 사람이거든요.

어제는 '내가 나 때문에 울지 않게 됐네. 신기하다……'

라고 생각하면서 자전거를 주차했답니다.

슬
릭

×

저는 오늘도 공부하러 갑니다

×

이
랑

변화는 항상 갑작스럽게 찾아온다는 말씀이 마음에 오래 남네요. 저도 이런저런 갑작스러운 세상의 변화와 그로 인해 제 마음이 변화하는 속도에 매우 당황해하고 있습니다. 갑자기 준이치의 요양보호사가 되고, 마음의 준비를 하는 이랑님을 떠올리며 저 역시 '보호자'라는 이름의 무게를 또 한번 체감합니다. 준이치의 행복을 최우선으로 생각하며 여러 가지를 준비하고 결정하고 있다니 준이치와 이랑님을 향한 걱정과 공감과 슬픔이 4분의 1 정도 줄어들었다고 말씀드리면 너무 큰 실례일까요.

사실 저는 '사람들이 나를 어떻게 볼까'라는 질문에서 자유롭고 싶습니다. 일단 '이랑님께서 저를 어떻게 볼까' 하는 질문으로부터 자유로워져보고 싶어 걱정과 공감과 슬픔의 함량을 4분의 1 정도로 줄인 마음으로 이 편지를 적고 있는데요. 역시 큰 실례인 듯하여 다른 방법을 찾아보겠습니다. 저도 완전 '령잘알'이라고 생각했는데 완전히 착각일 수도 있겠네요. 역시 캐릭터 해석은 남이 해주는 게 최고인가봐요. 요즘 저의 취미는 친구들 사주 봐주기입니다. 이랑님 사주도 나중에 한번 봐드리고 싶습니다. 일단 이랑님께서 저를 친구로 생각해주신다면, 그리고 생년월일시를 밝힐 의향이 있고(개인정보이기 때문에 사주팔자 확인 후 바로 폐기를 원칙으로 합니다) 사주

저는 오늘도 공부하러 갑니다

명리학에 대해 부정적인 의견을 가지고 있지 않으시다면, 허락을 기다리겠습니다.

저도 준이치의 건강을 기원하는 응원들이 고마운 동시에 준이치는 이미 건강하지 않고, 앞으로도 준이치는 과거의 준이치로 되돌아갈 수 없으니, 역시 '정상성이란 무엇인가'에 대해 생각하게 되네요. 우리는 '건강하세요'라는 말을 습관처럼 건네지만 '건강'이 대체 뭘까요. 완벽히 건강한 사람이 있을까요? 그리고 그 사람이 인간 중에 최고일까요? 저는 그렇게 생각하지 않습니다.

실은 그 모든 것, 병든 인간을 정상성에서 제외하는 것은 질병혐오라고 배웠습니다. 누구나 건강하거나 아플 수 있고 그 상태로 살아갈 자유와 권리가 있는데, 아픈 사람에게 대뜸 건강해지라는 인사를 건네거나 "장애가 있다니 힘드시겠네요"라고 말하는 것 자체가 질병이나 장애를 가진 사람에 대한 차별이잖아요. 저는 허리디스크와 불안장애를 진단받았으니 질병과 장애를 동시에 가진 사람인데요. 제 힘듦은 제 몫이기에 아무리 저를 사랑하고 아끼는 사람일지라도 제가 아닌 다른 사람이 저의 힘듦에 대해 이야기하는 것은 음…… 고맙긴 한데 약간 애매해요. 저는 14년간 함께한 허리디스크에서 벗어나보려고

도수치료도 받고 재활운동도 하고, 불안장애를 잘 견디며 살아보려고 병원도 다니지만, 그건 저의 자유이자 권리일 뿐, 남들이 이래라저래라 평가할 일은 아닌 것이죠.

말이 나온 김에 비거니즘 얘기도 조금 풀어볼까 합니다. (드디어……!) 최근 넷플릭스에 〈씨스피라시 Seaspiracy〉라는 다큐멘터리가 공개되었고 전 세계적으로 아주 큰 이슈를 불러일으키고 있습니다. 또 SNS에서는 #watchseaspiracy 챌린지가 진행되어 저는 노래로 참여했습니다. (아무도 저를 지목하지는 않았지만요.) 〈씨스피라시〉의 내용을 딱 한 문장으로 정리하면 '바다에 존재하는 모든 동물을 착취하는 일은 아주 폭력적이고 잔인하고 공고한 시스템 아래 진행되고 있으며, 그 과정에서 어업에 강제로 종사하게 된 사람 역시 노예제 수준의 폭력에 노출되고 있다'입니다. 그래서 우리가 생선을 먹으면 그 폭력적이고 잔인하고 공고한 시스템에 일조하게 됩니다. 동물권뿐만 아니라 인권 모독 그 자체죠.

사실 저는 동물권과 인권은 똑같은 개념이라고 생각하지만(왜냐하면 인간도 동물이기 때문입니다), 동물권과 인권을 다른 개념이라 생각하더라도 인권이 침해되지 않는 세상을 지향한다면 바다생물을 착취할 수 없습니다.

저는 오늘도 공부하러 갑니다

〈씨스피라시〉는 〈카우스피라시Cowspiracy〉와 〈몸을 죽이는 자본의 밥상What The Health〉의 제작자 킵 앤더슨의 다큐멘터리 시리즈 중 세번째 작품입니다. 하여 만약 〈씨스피라시〉를 보고 충격받으셨다면 나머지 다큐멘터리도 보시길 권합니다. 특히 〈몸을 죽이는 자본의 밥상〉이 동물권에 더하여 공장식 축산업과 제약 산업의 결탁에 관한 이야기를 다루니 먼저 보시기를 추천합니다. 일단 킵 앤더슨 선생님의 재치가 다큐멘터리 곳곳에 묻어나 있어서 전혀 재미있는 주제를 다루는 것이 아님에도 재미있게 볼 수 있습니다.

논비건이었던 저는 공장식 축산업과 제약 산업의 결탁에 일조하고 싶지 않아 비건이 되었습니다. 그리고 동물권에 대해 공부하고 나서 완전한 비건이 되었습니다. 그렇지만 저는 단 한 번도 논비건에게 "고기 먹지 마세요, 생선 먹지 마세요"라고 말한 적이 없습니다. 저한테 그렇게 말할 권리가 없으니까요.

답장을 쓰며 랑님께 궁금한 점이 생겼습니다. 이 편지를 받는 시점에 준이치의 기분이 어떤지 궁금합니다. 여전히 토라져 있는지, 이제 체념하고 적응했는지, 랑님의 진심어린 보살핌을 이해하고 조금은 마음이 풀렸는지…… 그리고 비건 3년 차 슬릭의 비거니즘에 대해 더 궁금한 점이 있는지 궁금합니다. 누군가의 궁금증을 궁금해하다니 저도 이제 좀 쉬어야겠네요. (일단 누워야겠습니다.) 준이치의 행복을 위해, 모든 동물의 생존권을 위해 천지신명 등 세상에 존재한다고 알려진 모든 신께 빌고 또 빕니다. 그리고 저는 오늘도 공부하러 갑니다. 동물권, 사주명리학, 페미니즘, 안티페미니즘, 젠더학, 풋살, 기타 치는 방법…… 준이치와 이랑님의 삶을 지켜보며 틈틈이 공부하려고 합니다.

얼마 전 트랜스젠더 여성 변희수 하사가 세상을 떠났습니다. 군 복무중 성전환수술을 받았다가 강제 전역을 당한 분이지요. 변희수 하사의 명복을 빕니다. 사주명리학에서는 죽음을 다른 삶을 위한 준비라고 해석하는데, 변희수 하사님께서 이번 생을 마감하시고 새로운 삶을 살게 될 시공간에는 그 어떤 성차별도 없기를 바랍니다. 성차별로 가득한 이 세상에서 오래 견디며 힘들어하셨을 변희수 하사님의 고통에 깊이 공감하고, 옳은 사람을 잃은 세상에 남겨져 너무 슬픕니다.

저는 요즘 트랜스젠더의 존재를 부정하는 분들과 깊은 대화를 나누고 있습니다. 부디 그들이 트랜스젠더의

저는 오늘도 공부하러 갑니다

존재를 인식하고, 저도 모르는 사이에 푹 젖어든 차별과 혐오에 대해 깨닫길 바라는 마음입니다. 저도 제가 할 수 있는 한 최선을 다해볼 생각입니다. 변희수 하사님을 위해서요.

2021년 4월 20일

슬릭 드림

우리는 '건강하세요'라는 말을

습관처럼 건네지만 '건강'이 대체 뭘까요.

완벽히 건강한 사람이 있을까요?

그리고 그 사람이 인간 중에 최고일까요?

저는 그렇게 생각하지 않습니다.

이
랑

×

이 문장 다음문장을 쓸 수 있을까

×

슬
릭

슬릭, 얼마 전 사주풀이 통화하기로 한 날 저는 한바탕 울고 있었답니다. 속상한 일이 있었어요. 제가 지난 편지에서 준이치 때문에 많이 울었지만 저 때문에 우는 일은 줄었다고 썼는데, 이렇게 금방 울게 될 줄은 몰랐습니다. 편지 첫 줄에 울었다고 썼으니 왜 울었는지 이유를 써야 할 것만 같은 압박감이 드네요. 제가 만든 압박인지라 누굴 탓할 수도 없고요.

지난 편지에서 '사람들이 나를 어떻게 볼까'란 질문에서 자유로운 사람이 있는지에 대해 이야기를 꺼냈지요. 슬릭의 답장에서 그 이야기가 사주풀이로 흘러가는 게 재미있었습니다. 사주를 봐준다고 해서 제 생년월일시를 냉큼 보내드렸지요. 하지만 사주풀이를 받기로 한 날 저는 울고 있었고, 슬릭은 공황으로 힘든 상황이었네요. 그때 슬릭은 밖에 있다고 했는데, 어떤 상황과 시간 속에 있었는지 무척 걱정이 됐습니다. 저는 다행히 안전한 작업실 책상에 엎드려 울고 있었거든요. 서로 어딘가에서 힘들어하면서도 한 명은 사주를 풀어주려 하고, 다른 한 명은 그 이야기를 들으면서 불안을 다스리려 했다는 사실이 무척 짠했답니다. '짠하다'는 표현 말고 다르게 쓰고 싶은데 아직 말을 찾지 못했습니다. 요즘 말하기도 글쓰기도 유난히 어려운데 이것도 왜 그런지 슬릭의 사주풀이를 통해

이 문장 다음 문장을 쓸 수 있을까

알게 된다면 좋겠습니다.

다시 처음 이야기로 돌아오자면, 그날 제가 울었던 이유는 '사람들이 나를 어떻게 볼까'란 질문에서 벗어나지 못했기 때문이랍니다. 익명인 누군가에 의해 저에 대한 잘못된 정보가 흐르고, 그 정보를 바탕으로 인터넷에서 공격받는 일이 생기고, 누구나 접근할 수 있게 열려 있는 제 SNS의 다이렉트 메시지나 댓글로 읽고 싶지 않은 문장들이 쏟아지는 날이 있어요. 사실 이 얘기를 계속해도 될지 잘 모르겠습니다. 저를 공격하는 상대는 대부분 익명이지만, 제가 익명의 누군가가 보낸 어떤 문장들을 언급해도 되는지는 잘 모르겠거든요.

역시 글쓰기가 어렵습니다. 편지를 쓰는 것은 작년부터 제일 좋아하는 일이지만, 요즘은 편지글을 쓰는 것도 너무 어렵습니다. 뭔가에 홀린 듯 하루에도 수십 번 휴대폰 어플을 켰다 끄고, 수년간 불면증 속에서 밤새워하던 게임을 열지 말지 고민하고, 읽지 않을 걸 알면서도 계속해서 책을 사고, 일기를 다시 써보려 일기장도 장만했지만 쓰지 못하고 있습니다. 나의 불안을, 분노를, 내 피해 사실을 이야기하는 게 무슨 소용인가 싶어 귀와 입을 닫고 살고 있습니다. 정해진 시간에 기계처럼 글자를 조합

해 문장으로 만들고 문단으로 만들 수 있다면 얼마나 좋을까요. '이 문장 다음 문장을 쓸 수 있을까. 뭐라고 써야 할까. 차라리 슬릭에게 전화를 거는 게 낫지 않을까' 하며 빈칸을 채우다 멈추고, 엊그제 한 출판사에서 받은 메일을 다시 열어봤습니다. 조남주 작가님의 단편소설에 제 노래 〈세상 모든 사람들이 나를 미워하기 시작했다〉가 사를 인용해도 괜찮은지 허락을 구하는 메일이었습니다. '오기'라는 제목의 단편소설인데요. 편집부에 따르면 이 소설은 "페미니즘 소설로 대중의 관심 한가운데에 선 어느 소설가가 이후의 작업들을 이어나가는 데 겪는 어려움의 결을 섬세하게 표현하는 작품입니다. 잘못 기입되어가고 있는 자신의 문학에 대한 작가의 오기誤記를 표현한 작품이기도 하고, 작품을 둘러싸고 있는 많은 사람들이 품고 있는 저마다의 오기傲氣를 표현한 작품이기도 합니다"라고 하네요.

'오기'라는 단어를 정말 오랜만에 들었습니다만, 그 단어를 듣는 것만으로도 제 몸이 딱딱하게 굳는 것 같습니다. 소설의 너무 많은 부분이 공감돼 어쩔 줄 몰라하며 마지막까지 읽었습니다. 소설에 인용된 제 노래 가사처럼 "사람들 입에 틀린 이름으로 오르내리고", 늦은 밤까지 마주보고 앉아 애틋하게 위로의 말을 나누던 상대가 정말

안전한 상대인지 아닌지 집에 돌아와 곱씹어야 하는 주인
공의 일상에 공감을 넘어서 가슴이 아려올 지경이었습니다. 어쩌면 저도 오기를 원동력으로 지금을 살아내고 있는 게 아닐까 하는 생각이 들었습니다. 그래서 이렇게 매일 몸이 아픈 걸까요. (담배를 많이 피워서 그럴 수도 있지만요.)

슬릭이 지난 편지에 알려준 다큐멘터리 〈씨스피라시〉를 찾아서 4분의 3 정도 봤습니다. 저의 1집 앨범 〈욘욘슨〉에 수록된 〈삐이삐이〉라는 곡은 〈씨스피라시〉 중간에 인터뷰이로 나오는 릭 오배리가 출연한 다큐멘터리 〈더 코브The Cove : 슬픈 돌고래의 진실〉을 보고 만든 곡입니다. 유명한 돌고래 조련사였던 릭 오배리가 자기 눈앞에서 돌고래가 자살하는 것을 본 뒤 돌고래 보호 운동가로 거듭난 사연을 〈더 코브〉를 보고 알게 됐죠. 일본 다이지에서 포획된 돌고래들이 학살되기 전 '삐익삐익' 소리를 내며 불안에 떠는 장면이 〈더 코브〉 후반에 나오는데요. 현장을 가까이서 촬영할 수 없기 때문에 화면은 없고 길게 삐이삐이— 소리만 나오던 장면이 뇌리에 박혀 그날 저녁 바로 노래를 만들기 시작했던 기억이 납니다. 벌써 10년도 더 된 일인데, 여전히 일본 다이지에서 돌고래 학

살을 계속하고 있다는 것을 〈씨스피라시〉를 통해 알게 돼 좌절감을 느꼈습니다. 그리고 〈더 코브〉를 본 지 10년이 넘은 제가 여전히 논비건인 것에 대해 또한 좌절감을 느꼈습니다.

〈씨스피라시〉를 4분의 3 정도 보다 멈춘 것은 더 볼 힘이 없었기 때문입니다. 작년에 유언장을 쓰며(저는 매년 유언장을 갱신합니다) 중간에 '현타'가 왔던 이유와 조금 비슷할 것 같습니다. 유언장을 쓰기 시작한 건 준이치를 위해서인데요. 저는 준이치가 살아 있는 동안은 절대 자살하지 않기로 마음먹었지만, 혹시 갑작스러운 사고나 질병으로 사망하게 될 때를 대비해 유언장을 썼습니다. 여러 질환을 앓고 있는 열여섯 살 준이치를 저 대신 돌봐줄 사람을 위해 제가 가진 대부분의 자산을 넘기는 게 유언장의 주된 내용이에요. 새로운 준이치 보호자는 제 자산을 준이치를 돌보는 데 사용하고, 준이치가 사망한 뒤 남은 자산은 어디어디에 기부하라는 내용이 들어 있습니다. 큰 자산은 아니지만 제가 살고 있는 집의 보증금이나 예적금, 주식을 다 모아 (준이치 사망 후) 환경단체나 동물보호단체, 여성·아동·장애인·성소수자 단체 등에 기부하는 상상을 하니 무척 신났습니다. 신나는 동시에 나의 죽음으로 당장 누군가가 도움받을 수 있다고 생

이 문장 다음 문장을 쓸 수 있을까

각하니 '내가 지금 당장 죽지 않을 이유가 무엇인가' 하는 생각이 들더군요. 유언장을 써나갈수록 그 생각이 강해져 힘들었습니다. (하지만 준이치를 생각해서 끝까지 썼습니다.) 논비건인 제가 〈씨스피라시〉를 볼 때도 비슷한 생각으로 자꾸 흘러갔습니다. 공장식 축산과 바다를 아작내는 어업에 대해 알게 됐지만 오늘 밥 먹을 때 일단 외면하고, 외면했다는 죄책감에 "미안해 살아 있어서, 엄청 피해만 주고"* 어쩌고 하면서 노래를 만들어 부르고……제가 만들었지만 노래 따위로 뭘 어쩌자는 건지 싶네요.

부끄럽지만 나는 그래도 비건 지향 정도는 되지 않나 생각한 적도 있습니다. (주변에 비건 친구가 많아 비건식을 자주 먹게 되면서 든 생각이긴 합니다.) 하지만 왠지요 몇 년 사이 "나는 ○○입니다"라고 단정짓거나 선언하는 게 총체적으로 다 싫어진 것도 사실입니다. 사실 이 문제로 트랜스젠더인 친구와 다툰 적이 있습니다. "나는 ○○입니다"에 지쳐 있던 저와 '트랜스젠더'가 제대로 인식되지도, 명명되지도 않는 사회에 지친 친구와 대화하다 생긴 일이지요. 친구 입장은 '제대로 명명되기도 전에 이

---

* 이랑 노래 〈내가 만약 신이라면〉 중에서.

름을 지우는 것은 용납할 수 없다'였고, 제 의견은 '모든 이름이 사라져도 누구나 편하게 살 수 있으면 좋겠다'였습니다. 저와 친구가 다퉜다고 했지만, 실은 우리 둘 다 비슷한 세상을 꿈꾸고 있지 않나 하는 생각이 듭니다. 그리고 그때 다투는 건 힘들었지만 다툴 수 있는 친구가 있어서 다행이었다고도 생각합니다. (친구와는 사이좋게 지내고 있습니다.)

어쩌면 제가 오늘 쓴 편지를 다시 보고 또 죄책감에 통탄하는 날이 오리라 예상합니다. 어떤 날의 저는 제대로 명명되기 위해 거리로 나가고, 힘차게 소리치고, 사람들 앞에 서서 노래하기도 하지만, 어떤 날은 침대에서 한 발짝도 나오지 않은 채 '내가 이 세상에 존재하지 않는 것이 세상에 가장 도움되는 일이다' 생각하며 울고 있습니다. 제 가사가 인용된 조남주 작가님의 소설 「오기」를 꼭 읽어보세요. 저는 마지막 몇 문장에 오열할 뻔했습니다.

그때는 내 고통이 너무 커서 이런 고민조차 사치였던 또래들을 생각하지 못한 것이 사실이고 그것이 부끄럽다고 쓴다. 그러나 나는 내 경험과 사유의 영역 밖에도 치열한 삶들이 있음을 안다고, 내 소설의 독자들도 언제나 내가 쓴 것 이상을 읽어주고 있다고 쓴다. 그러므로 이제 이

　　　　　이 문장 다음 문장을 쓸 수 있을까

부끄러움도 그만하고 싶다고, 부끄러워 숙이고 숨고 점점 작게 말려들어가는 것도 그만하고 싶다고, 그만하고 싶은 이 마음이 다시 부끄럽다고 쓴다. 대체 내가 왜 이렇게까지 부끄러워야 하느냐고 쓴다. 선생님이 원망스럽다고 쓴다. 미안하고 고맙다고 쓴다. 선생님이 보고 싶다고 쓴다. 언젠가 다시 만나자고 쓴다. 하지만 보고 싶지 않다고 쓴다. 다시는 만나지 말자고 쓴다. 그래도 보고 싶을 거라고 쓴다. 결국 만나게 될 거라고 쓴다.[*]

아, 그리고 준이치는 어제 병원에서 이빨을 두 개 뽑았습니다. 가슴에 물이 차는 특발성 유미흉도 큰 문제지만, 별개로 구강 문제도 심각해서 병원에서 컨디션을 살펴가며 짧게 발치수술을 했습니다. 어제 면회할 때 입원실 벽을 향해 누워 있던 준이치의 이름을 부르니, 저를 보는 오른쪽 눈에서 눈물이 또르르 떨어지기에 너무……마음이 아프면서도 귀여웠습니다. 저는 종일 준이치 수술 걱정을 하느라 긴장한 탓인지 면회 다녀와서 바로 몸져누웠습니다. (그냥 담배를 많이 피워서 그런 걸 수도 있습니다.) 좀전에 갑자기 준이치 가슴에 물이 많이 찼다고, 흉

* 조남주, 「오기」, 『우리가 쓴 것』, 민음사, 2021, 79~80쪽.

수 천자를 해서 물을 빼주어야 한다는 전화를 받았습니다…… 이따 저녁에 데리러 갑니다. 준이치가 제게 화를 내도, 울어도 좋으니 매일 집에서 같이 자고 싶어요. 슬릭도 보고 싶어요. 슬릭이랑 또둑이랑 인생이랑 룸메이트랑 오늘 평안한 잠 주무세요.

2021년 4월 28일
이랑 드림

누군가에게 나는 정말 작은 존재이고,

또 누군가에게는 정말 큰 존재일 수도 있겠다.

그래서 그 공이 생각났습니다.

요술공이라 커졌다 작아졌다 하잖아요.

저와 비슷한 존재라고 생각해서

첫 타투 도안으로 그 공을 골랐던 기억이 나네요.

어떤 날의 저는 제대로 명명되기 위해

거리로 나가고, 힘차게 소리치고,

사람들 앞에 서서 노래하기도 하지만,

어떤 날은 침대에서 한 발짝도 나오지 않은 채

'내가 이 세상에 존재하지 않는 것이

세상에 가장 도움되는 일이다'

생각하며 울고 있습니다.

슬
릭

×

드러내고 살기,
강추고 살기

×

이
랑

준이치의 건강상태가 궁금합니다. 힘든 시기들은 잘 견뎌주고, 이랑쌤의 사랑은 온전히 받아주었으면 하는 마음뿐입니다. 발치했다는 소식을 접했습니다. 나이가 들수록 마취도 쉽지 않다고 들어서 얼마나 아팠을까, 얼마나 무서웠을까, 랑쌤 냄새를 맡고 얼마나 안전을 갈구했을까 생각이 들어 눈물이 났습니다.

랑쌤과 친구분의 다툼이 왜인지 머릿속에서 떠나지 않네요. '제대로 명명되지 않은 이름들을 지우는 것은 용납할 수 없다'와 '모든 이름이 사라져도 누구나 편하게 살 수 있으면 좋겠다'의 다툼이었죠. 두 문장 모두 어떤 사람의 머릿속에서 어떤 사고과정을 거쳐 나온 결론인지 이해합니다. 그리고 저는 랑쌤 친구 편입니다. 이렇게나 길게 편지를 주고받고도 일면식 없는 랑쌤 친구의 편에 서게 되어 뭔가 배신한 느낌이지만, 이 역시 저의 습관적 농담이라는 것을 알아주시겠지요.

'누구나 편하게 살 수 있으면 좋겠다'는 것은 '바람'입니다. '제대로 명명되지 않은 이름들을 지우는 것'은 용납할 수 없는 '차별의 현실'입니다. 현실과 바람 중에 더 명확히, 더 먼저 알고 있어야 하는 것은 현실입니다. 현실을 제대로 파악한 뒤에야 어떤 세상이 구체적으로 어떻게 성평등한 세상이고, 그곳으로 가기 위해서는 어떠한 구체

드러내고 살기, 감추고 살기

적인 생각과 행동을 해야 하는가를 따지는 일, 즉 미래의 일을 도모할 수 있는 것이라고 생각합니다. 물론 저의 개인적인 의견일 뿐이에요. 끝난 싸움에 끼어들 마음은 없습니다. 사실 어떤 싸움에 끼어들 마음도 없고, 세상에 존재하는 모든 싸움으로부터 멀어지고 싶은 사람이 저랍니다. 저는 아주 쉽게 무서워하고, 작은 자극에도 소스라치게 놀라고, 이불 밖으로도 잘 못 벗어나는 저렙(低level)입니다. 그렇지만 모든 이름이 사라지려면 그전에 모든 이름이 한 번씩은 정확히 명명되어야 하기 때문에, 이 순서가 맞는 것 같다고 랑쌤 친구의 편을 들고 싶습니다.

스스로를 드러내고 산다는 건 용기가 필요한 일이라고 다들 말합니다. 에너지도 당연히 필요하고요. 용기내기까지 에너지가 많이 드는 사람이라면, 엄청 힘든 일이겠죠. 그런데 누군가는 스스로를 호명할 이름이 없어서 만나는 사람마다, 가는 곳마다 마주치는 누군가에게 이름을 말할 수 없는 사람이 됩니다. 그 역시 엄청나게, 사실은 자발적으로 스스로를 드러내고 사는 것보다도 훨씬 더 큰 에너지가 듭니다. 그래서 아마도 우리는 스스로를 드러내고 사는 삶을 선택했나봅니다. 저도, 이랑쌤도요. (적어도 저는 그렇습니다.) 물론 드러내고 사는 것도 어떨 때는 너무 힘들어요. 드러내지 말걸, 적당히 감추고 살걸 같은 후

회까지는 하지 않더라도, 어느 날 갑자기 침대에서 몸을 일으킬 에너지조차 빼앗기는 삶인 것 같습니다. 누구누구는 적당히 감추고도 잘만 사는 것 같고, 나만 괜히 이것저것 드러내고 살아서 짜증나고 허리 아프고.

저는 최근에 일면식도 없는 사람과 근 3주째 다이렉트 메시지로 대화중입니다. '터프TERF, Trans-Exclusionary Radical Feminism(트랜스젠더 배제적 페미니즘)'에 대해서요. 그분은 터프 당사자이시고 저는 교차 페미니스트 중 가장 활발한 트위터리안이기 때문에 우리의 대화는 쉽게 끝나지 않지만, 얼른 끝내고 싶은 마음도 딱히 없습니다. 그분은 적당히 무례하시고, 저는 적당히 받아들이다가 선 넘는다 싶으면 멈춥니다. 우리 감정 상하지 말고 대화하자고, 싸우지 말자고 말씀드립니다. 그럼 또 잘 알아들으셔요. 어느 정도 서로의 의견을 존중하며 대화해요. 이 대화의 결말이 어떻게 될지는 잘 모르겠지만 확실한 한 가지는, 제가 적당히 감추고 살았다면 저와 생각이 다른 사람들을 이해하지 못하고 혼자 괴롭기만 한 삶을 살았을 것이라는 사실입니다. 저는 모르는 것을 알게 될 때의 기쁨을 정말 사랑합니다. 트랜스젠더의 존재를 배제하는 것이 옳다고 생각하는 페미니스트를 보면, 그 사람이 어떻게 그런 생각을 하게 되었는지 궁금해요. 그래서 직접 대화하며 알아가고, 배웁니다. 그리고 저도 알려드리고 싶어요. 페미니즘은 누군가를 차별하지 않고 누구도 차별받지 않으며 모두가 평등하게 인권을 누리기 위해 존재하는 사상이자 학문이라는 사실을요. 마음이 급하지는 않습니다. 언젠가는 알게 될 거라고 생각해요. 지금도 많은 트랜스젠더들이 차별과 억압에 시달리고 있는데, 제가 이 한 분의 생각을 알게 되거나, 이분이 대화 끝에 트랜스젠더의 존재를 인정하고 존중하게 된다 하더라도 그건 저희 둘의 의견 일치일 뿐, 사회적으로 큰 의미를 갖기는 어렵습니다. 지금도 우리만 볼 수 있는 다이렉트 메시지로 의견을 주고받을 뿐, 이런 대화가 오가고 있다는 사실은 제가 랑님께 편지로 전하지 않는다면 아무도 모르니까요.

그러나 때로는 저도 '감추고' 싶습니다. 그냥 '노바디'로 살고 싶어요. 누구의 이름도 중요하지 않다면 모두가 노바디로 살 수 있으니 저도 그중 하나로 자유롭게 살다가 자연사하고 싶습니다. 너무 저급하고 너무 끔찍하며 인권 모독적인 말들을 하루에 100개씩 발견하는 삶을 살고 싶지 않아요. 반전이죠? 사실 정말 실천도 하고 있습니다. 저는 최근 SNS를 통해 브라질 국적의 친구 2명과 온두라스 국적의 친구 1명을 사귀었습니다. 우리 모두 영어로 대화하긴 하지만, 영어가 제1언어가 아니라 누구도 문법에 대해서 신경쓰지 않고, 그래도 의사소통은 잘만 됩니다. 처음 제가 그들에게 말을 걸었을 때 저는 완전히 '썸바디'였습니다. '〈굿걸〉*에 나온 연예인이 나에게 답장을 하다니!'라는 식의 반응이었습니다. 그리고 저는 여전히 그들에게 〈굿걸〉에 나온 작고 귀여운 래퍼일 뿐입니다. 브라질에서는 정말 그뿐이더라고요. 제가 할 말은 아주 간단했습니다. 나 연예인 아니다, 우연히 TV 나간 거고 당신과 똑같은 '사람'이다. 그렇게 우리는 3일 만에 베스트프렌드가 되었습니다. 편견이 없는 이들에게 저는 그냥 '슬릭'입니다. (한 명은 애칭을 만들어주어서 저를 'little ruby'라고 부르지만요……) '노바디'고, '마이 프렌드'입니다. 코로나가 사라지고, 빚 내서 탄 브라질행 비행기 안에 있는 저를 상상해보세요. '지옥에서 온 교차 페미니스트 광인'에서 '노바디 노바디 벗 미'가 되는 순간입니다.

　말 나온 김에 제 친구들을 소개해드리겠습니다. 라리사, 팬디, 그리고 루스입니다. 라리사와 팬디는 브라질에 살고요, 루스는 온두라스에 살고 있습니다. 브라질은 한국과 열두 시간의 시차가 있기 때문에 우리의 인사는

---

* Mnet에서 방영된 국내 여성 뮤지션들의 힙합 리얼리티 예능.

　　　　　　　　　　　드러내고 살기, 감추고 살기

굿모닝/굿이브닝으로 시작합니다. 오후 10시쯤부터 오전 2시 사이 정도가 우리의 대화가 허락된 시간입니다. 그 짧은 시간에 나누는 대화가 저를 불안으로부터 얼마나 자유롭게 하는지 몰라요.

저는 최근에 불안증을 크게 앓고 있어서 종종 공황을 겪는다고 말씀드렸죠. 제가 불안을 느끼는 상황은 크게 두 가지입니다. 하나는 예상치 못하게 크고 시끄러운 소리를 듣게 되는 상황, 다른 하나는 아무것도 집중할 수 없는 상황입니다. 한국에서 '썸바디'로 살면서는 무언가에 몰입할 수 없는 순간들이 너무 많잖아요. 그런데 라리사, 팬디, 그리고 루스와는 '노바디'로서 대화하기 때문에 그 어떤 것으로부터도 자유로운 상태로 이야기할 수 있습니다. 처음에는 저를 텔레비전에 나오는 연예인으로 대했지만, 이제는 셋 중 누구도 저를 그렇게 대하지 않습니다. 지구 반대편에 사는, 호기심 많고 노래 만들기 좋아하는 친구 슬릭으로서 나누는 대화는 잠시나마 불안으로부터 저 스스로를 보호해줍니다. 팬디는 정말로 이렇게 말한 적도 있어요. 자신이 슬릭의 '세이프 포트safe port'라고요. 저는 그 세 친구를 저의 정신적 생크추어리sanctuary(안식처)라 생각하며 늘 고마워하고 있습니다. 라리사와 팬디는 저를 위해서 무려 카카오톡을 깔았는데, 그들의 미감을 고려해 귀여운 이모티콘을 선물해주곤 한답니다.

얼마 전 저는 35만 원이라는 거금을 주고 심리검사를 받았습니다. 검사 결과를 대충 요약하면 다음과 같습니다. '머리는 좋으나 모든 것을 예민하게 느껴 작은 자극도 크게 받아들이고, 이성적으로 생각하기 어려운 심리상태에 봉착한다. 일상생활에 지장을 줄 만큼 큰 자극에는 공황 등의 커다란 심리적 혼란을 경험한다.'

이랑님께서는 심리검사(500여 개의 문항에 답하고, 문장을 완성하고, 가족을 그리고, 퍼즐을 맞추는 등의 검사)를 해보셨나요? 역시 캐릭터 해석은 남이 해주는 맛이라고, 정말 정확하고 돈값 하더군요. 제가 많이 아픈 데는 정신적인 원인뿐만 아니라 심리적인 원인도 있다는 것에 이상하게 위안이 되더라고요. 그런 기분을 느낀 이유에 대해서는 다음 편지에서 설명드리겠습니다.

랑쌤 사주에 대한 해석은 준비가 완료되었습니다. 언제든 전화해주셔요. 복채는 우정으로 받겠습니다.

2021년 5월 6일

슬릭 드림

드러내고 살기, 감추고 살기

이
랑

×

슬릭을 어떻게 사귀면 좋을지

아직도 고민돼요

×

슬
릭

지난 편지에서 저와 친구의 다툼에 대해 슬릭의 의견을 듣게 돼서 무척 기뻤습니다. 제 이야기는 '바람'이었다는 것과 친구의 이야기는 '차별의 현실'이었다는 것에 대해 정확하게 이해했고, 크게 고개를 끄덕였고, 크게 부끄러움을 느꼈습니다. 그리고 친구와 다퉈서 정말 다행이었다고 다시 한번 생각했습니다. 친구와 다투고, 다툰 당사자 둘이 이야기하고, 공통의 친구 서넛이서 함께 이야기하는 과정을 통해(실제로 이 문제에 대해 약 10명 이상의 사람들과 대화했습니다) 친구가 원하는 방향으로 문제를 해결했는데요. 그 당시엔 문제를 '해결'했다고 생각했지만, 저는 여전히 친구의 입장을 완전히 이해하지 못했던 것 같습니다. 슬릭 덕분에! 다시 한번 깨달음을 얻었습니다. 고맙습니다.

저에게 '친구=사이좋음'이 아니라 '친구=변화를 받아들일 수 있음'이 아닌가 싶습니다. 저는 저를, 제 변화를 이해하고 받아들이지 못하는 원가족과 오랫동안 사이가 좋지 않았습니다. 지금도 썩 좋지 않고요. (원가족 중에서는 아빠와의 관계가 최악입니다.) 언젠가 엄마와 통화하던 중 "엄마가 친구를 대하는 만큼 나를 대했으면 좋겠다"고 말한 적이 있습니다. 제가 아는 엄마와 아빠는

슬릭을 어떻게 사귀면 좋을지 아직도 고민돼요

친구에게는 무례하지 않은 사람들이거든요. 그들이 오랫동안 사귀어온 소중한 친구들도 마찬가지로 저희 엄마와 아빠에게 무례하지 않겠죠. 아무튼 그날 그 통화를 기점으로 저는 엄마와 아빠의 연락처를 그들의 이름으로 저장했습니다. '가족'이라는 말 속에 그 사람들을 가두어 생각하지 않으려고 고안한 한 가지 방법입니다. 그렇게 가족들의 이름을 들여다보고 있자면, 제가 그 사람들에 대해 아는 게 정말 많지 않다는 것을 알게 됩니다. 오히려 저는 친구들에 대해 훨씬 많은 것을 알고 있는 것 같아요. 전 친구를 사귈 때 무례하지 않으려 노력하고, 다툼이나 분쟁이 생기면 거기서 관계를 끝내는 게 아니라 충분히 대화하며 주변 사람의 의견을 함께 듣는 자리를 만들려고 합니다. 그렇게 서로의 변화를 받아들이고 관계의 다음 스텝을 밟아나가지요. 그런 과정을 함께할 수 있는 친구들이 있어서 정말 다행이라고 생각합니다. (얘들아, 고맙고 사랑해!)

슬릭에게 편지를 쓰다가 제가 보내지 못한 편지 한 장이 생각났습니다. 슬릭에게 썼던 편지에서 플레이리스트 이야기를 하며 언급했던 친구 도진이를 마지막으로 만났던 날 쓴 편지랍니다. 암으로 투병중이던 도진의 상태가 점점 악화되던 7월 어느 날, 저와 가까운 친구들은 '생전 장례식'을 하고 싶다던 도진의 이야기를 떠올리며 요양을 위해 양양으로 이사한 그의 집으로 향했습니다. 출발하는 날 오전, 저는 버스를 놓칠 뻔했는데요. 고속터미널까지 거의 다 와서 길이 무지막지하게 막히는 바람에 택시에서 내려 천식으로 쓰러질 지경까지 냅다 뛰어야 했습니다. 버스 문 닫히기 0.1초 전에 겨우 탑승했지만 한참 동안 천식으로 쌕쌕대는 숨을 가라앉히느라 고된 시간을 보냈습니다. 몇 시간 뒤 강릉터미널에 내려 택시를 타고 이동해 도진과 파트너가 사는 아파트 단지 앞에 도착했습니다.

담배를 피우는 친구들과 잠시 담배타임을 가진 뒤 엘리베이터를 타고 집으로 올라갔습니다. 현관문을 열고 화장실로 직행해 담배냄새가 나는 손을 씻고 입을 헹구는 동안, 화장실 거울을 통해 거실 소파에 앉아 있던 도진이 갑자기 몸을 꿀렁거리며 속을 게워내는 모습을 봤습니다. 그걸 보면서도 손을 마저 씻으려고 비누거품을 물에 흘려보냈습니다. 수건으로 손을 닦으며 친구에게 다가갔지만, 할 수 있는 건 그가 게워낸 토사물을 치우는 일뿐이라 다른 친구들과 함께 휴지와 물휴지를 들고 거실 러그에 묻은 것들을 닦았습니다. "랑이야, 왔어?"라는 말 한마디도

듣지 못한 상황에서 도진은 몇 분 후 도착한 구급차에 실려나갔습니다. 도진과 그의 파트너가 구급차를 타고 떠난 뒤, 주인 없는 집에 남은 저와 몇몇 친구들은 황망한 마음에 어쩔 줄 몰랐습니다. 그땐 상황이 어찌될 줄 모르고 바쁜 일정 중에 '급벙개'로 몇 시간만 얼굴을 보러 온 거라 저와 친구들은 서울행 저녁 버스를 예매해둔 상황이었습니다. '병원 갔다가 곧 돌아오겠지'라고 생각해 아쉬운 마음에 그가 돌아와서 읽을 편지를 쓰기 시작했습니다.

도진이에게

응급실엔 잘 도착했을까. 너랑 철희가 없는 집이 무척 조용하네.

지난 서프라이즈 방문 때는 모래찜질이랑 그림자놀이로 떠들썩했지. 한 주, 두 주, 세 주— 많은 변화가 있었네. 난 인간은 본래 변화하는 동물이라 생각해. 최근까지도 인간은 '발전'해야만 한다고 굳게 생각했는데, 그 생각이 나를 힘들고 지치게만 하더라. 그래서 발전은 내려두고 변화를 품기로 했어. 너와 나, 우리 친구들의 변화를 다 자연스럽게 안으려고 생각, 노력하고 있는데 잘되고 있는가 몰라. 우리들이 같이 보내는 시간보다 변화가 무지막지하게 빠르게 느껴질 때도 내게 다가오는 변화를 잘 안아볼래. 그 안에서 내가 너를 생각하고 사랑하는 마음이 너의 시간 속에 잘 가닿아줬음 좋겠다. 우리 인생 테마는 언제나 사랑이잖아. 그저 사랑뿐이야. 목소리로 놓고 가지 못해 편지를 놓고 갈게. 사랑해.

편지를 쓰는 동안 거실 식탁에 놓여 있던 도진의 핸드폰에서 가족채팅방의 알림이 연달아 떠올랐습니다. 구급차를 타고 같이 간 파트너 철희가 도진의 가족채팅방에 다급하게 소식을 전하는 중이었습니다. "지금 당장 오셔야 할 것 같아요." "언제 오실 수 있으세요?" "의식이 없어요."

다급한 메시지들을 읽으며 상황의 심각성을 느낀 우리는 서울행 버스 예약을 취소하고 병원으로 향했습니다. 병원에서 다시 만났을 때 도진은 이미 의식이 없었지만, 몇몇 친구들은 조금 전 그에게 쓴 편지를 옆에서 읽어주었습니다. 뭔가 차례대로 편지를 읽어야 할 것 같은 분위기가 만들어졌지만, 저는 다른 사람들 앞에서 도진에게 쓴 편지를 도저히 읽을 수가 없었어요. 방금 쓴 글을 소리 내서 읽는 게 너무 부끄러웠어요. 그저 꺼멓게 변한 친구 손을 꼭 잡고, 하고 싶은 얘기들을 마음속으로만 뱉었던 기억이 납니다. 도진이는 그날 새벽 사망했습니다.

  슬릭의 편지 마지막에 '노바디'로서 대화할 수 있는 친구들과 만났다는 이야기를 재미있게 읽었는데, 제가 이번 답장에 너무 '썸바디' 이야기만 쓴 것 같아 마음이 무거워지네요. 슬릭과 함께 편지를 주고받은 지 어느새 9개월째에 접어들었는데, 저는 슬릭을 어떻게 사귀면 좋을지 아직도 고민돼요. 슬릭의 SNS를 매일 보고, 가끔 편지를 읽고, 더 가끔 문자메시지를 주고받지만 얼마나 더 다가가도 괜찮은지 아직 모르겠어요. 하고 싶은 말을 참았다가 '편지에다 써야지~' 하고 생각하다보니 더 그런 것 같기도 해요. (만나면 편지에 쓸 말이 없어질까봐?!)

  만나려면 얼마든지 만날 수 있는데, 그리 멀지 않은 곳에 살면서도 편지로 읽은 슬릭의 집과 작업실, 그리고 슬릭의 친구들을 상상하는 게 습관이 된 것 같네요. 그래도 슬릭이 정신적인 생크추어리를 먼 곳에 있는 외국 친구들과의 대화로 찾았다고 하니 무척 다행입니다. 어쩌면 저도 슬릭과 자주 만나지 않고 편지만 주고받는 게 비슷한 정신적 안식을 추구해서인지도 몰라요. 그렇지만 우리 좀더 자주 만나볼까요?(라고 용기내서 말해봅니다.)

전 올해 준이치 간병을 시작한 뒤로 무척 업다운이 심한 (대부분 다운인) 나날을 보내고 있습니다. 어젯밤에는 갑자기 준이치 상태가 안 좋아져서 응급실에 다녀왔는데요. 그 결과…… 오늘부터 준이치의 약/주사/식사 루틴을 조정하게 됐습니다. 원래(라는 말은 무색하지만) 열두 시간 텀이었던 게 여덟 시간 텀으로 변경되면서 바깥일을 돌보기가 좀더 어려워졌어요. 여전히 친구들이 종종 집으로 준이치 문병 겸 저를 만나러 와주는데요. 최근엔 집에 놀러온 친구들과 즉흥연기를 하는 게 낙이랍니다. 왜 즉흥연기가 재미있을까 곰곰이 생각하다, 연기하는 순간만은 내가 아닌 '노바디'(는 아니고 '썸바디'인가요?)가 되기 때문이라서일까 하는 생각이 들었습니다. 저는 저로 사는 게 너무 힘들어서 순간순간 저와 저의 시간들을 잊으려고 친구들과 즉흥연기를 하는 걸까요.

누군가 '넌 지금 이런 상태야'라고 말해주는 걸 못 들은 지 오래되었기도 하고, 혼자 답을 찾기가 어렵네요. 암튼 제 사주풀이는 지난번 통화로 잠깐 이야기한 것처럼 만나서 듣고 싶어요. 그 핑계로 슬릭을 실물로 또 만나려고요. 지난주 저희 집 옥상에 거금을 들여 파라솔과 선베드 두 개를 설치했답니다. 거기에 누워 각자 하늘을 보면서 편지에 쓸, 혹은 편지에 안 쓸 이야기들을 나누면 어때요? 아니면 엎드려서 손편지를 써볼까요. 옆에 편지 받을 상대를 두고 편지를 쓴다고 생각하니 엄청 어려운 미션이 만들어질 것 같기도 하네요. 하지 말까……

저는 결정을 못 내리겠으니 슬릭의 처분을 기다리겠습니다.

2021년 5월 15일
이랑 드림

"우리 인생 테마는 언제나 사랑이잖아.

그저 사랑뿐이야."

슬
릭

×

개비스콘 그 자체

×

이
랑

먼저 이도진 선생님의 명복을 빕니다.

저는 이도진 선생님과 일면식도 없고, 그렇다고 SNS 친구도 아니었으니, 이도진 선생님에 관해 들은 첫 소식이 선생님의 사망이었습니다. 그리고 저와 가까운 분들, 제가 사랑하는 분들이 얼마나 사랑스럽고 올곧은 사람을 먼저 떠나보냈는지, 추모의 글들을 찾아 읽고 깨달았습니다. 이렇게 만나는 인연도 있구나. 죽음으로 소개받게 되었지만 반짝이는 분을 알게 되어 슬프면서도 반갑습니다. 제가 사랑하는 사람들이 그들이 사랑하는 사람과 먼저 이별하는 과정을 지켜보며(만약 지켜보았다는 것이 염탐처럼 느껴지신다면 죄송합니다. SNS에서 팔로하는 많은 분께서 이도진 선생님을 향한 사랑의 글을 올려주셨고, 그것을 그냥 지나칠 수는 없었습니다) '사랑은 역시 있구나. 어디에나 있는 건 아니지만 여기에는 분명히 있구나' 하고 느꼈습니다. 그래서 행복하고 슬펐습니다.

제가 기억하는 첫 죽음은, 가족이 키우던 물고기 한 마리의 죽음입니다. 초등학생 때, 집에 큰 어항이 있었고 스무 마리 정도 되는 물고기들이 그 안에 살았습니다. 그러다 이사를 가면서 다른 물고기들은 다 처분(……)하고, 우리 남매가 가장 애정을 쏟았던 아기 물고기 한 마리만

개비스콘 그 자체

함께 가게 되었습니다. 쓰면서도 부끄러움이 몰려오지만, 시간을 되돌리는 방법을 아직 모르니 부끄러운 마음으로 계속 쓰겠습니다. 그렇게 한 마리의 물고기(이름은 주롱이입니다)와 새로 이사간 집에서 함께 살다가, 어느 날 주롱이가 죽었습니다. 중학교 2학년 때쯤으로 기억하고, 토요일이라 학교가 일찍 끝나는 날이었던 것도 기억납니다. 아침에 일어나서 거실에 나오자마자 죽은 주롱이를 발견하고 그 자리에서 통곡하기 시작했습니다. 다른 가족들은 주롱이에 대한 애정이 저만큼 없었는지, 마음의 정리가 빠른 건지는 몰라도 저만 학교 갈 생각도 없이 밥도 먹지 않고 대성통곡을 이어나갔습니다. 한 생명이 죽었다는 충격, 그리고 그 죽어가는 과정 속 '나'의 죄책감, 처음으로 '소유'한 '생명'을 잃었다는 상실감(굉장히 논비건적인 이유의 슬픔이네요) 등으로 눈물이 멈추지 않았습니다. 그냥 눈물을 흘린 정도가 아니라 정말로 통곡을 하고 오열을 했습니다. 다른 가족들은 '뭐가 저렇게 슬플까, 물고기 한 마리 죽은 것 가지고' 정도의 시선으로 저를 바라보았고, 저는 울면서 학교를 갔습니다. 참고로 저는 눈물이 정말 없는 사람입니다. (영화 〈7번방의 선물〉 보고도 안 울었어요.)

　두번째 경험한 죽음은 일주일간 임시보호했던 아기 고양이의 죽음입니다. 이름은 '여름이'였고요. 어찌저찌

한 사정으로(역시 인간이 잘못한 사정입니다) 저희 집에서 일주일 동안 임보를 했는데, 폐렴으로 사망했습니다. 제가 데려온 건 아니고, 룸메이트의 지인이 저희 집으로 임보를 맡겼는데 하필 제가 그주에 스케줄이 너무 많았습니다. 아기 사람도 24시간 케어가 필요한데 아기 고양이도 마찬가지겠죠. 스케줄 사이사이 무리해서라도 집에 들러 여름이를 돌봤지만 역시 무리였습니다. 여름이의 죽음은 주롱이의 죽음보다 더 크고 깊고 긴 슬픔을 가져다주었습니다. '내가 죽였다'는 생각이 머릿속에서 떠나지 않았기 때문입니다. 내가 살릴 수도 있었던 생명이 죽었고, 그 죽음이 모두 제 책임처럼 느껴졌습니다. 그러니 하루 종일 울 수밖에요.

그러다가 '이 생명의 죽음이 내 책임이다'라는 생각 자체도 정말 인간 중심적이라는 사실을 깨달았습니다. 다른 동물의 생명을 인간이 '책임'질 권리가, 능력이 있을까요. 인간은 '반려동물'이라는 이름으로 동물을 소유하고 그의 생을 책임지려고 합니다. 저는 반려동물의 죽음과 공장식 축산업으로 인한 수많은 동물의 죽음이 다르지 않다고 생각합니다. 반려동물은 사랑하는 가족이니 그의 생명과 행복에 조력할 권리와 능력이 인간에게 주어진다는 말은 곧, 아무도 사랑하지 않는, 음식으로 태어난 동물은

개비스콘 그 자체

살고 싶은 대로 행복하게 살 권리가 없다는 말과 같습니다. 인간에게는 다른 동물의 삶과 죽음에, 특히 죽음에 관여할 권리가 없습니다. 사랑하는 동물이라도 그것은 마찬가지라서, 저는 여름이가 죽은 그해 여름이 지나가는 동안 매일매일 울었습니다.

〈씨스피라시〉를 보다가 결국 껐다고 하셨죠. 저도 그럴 뻔했습니다. 〈씨스피라시〉뿐만 아니라 〈도미니언 Dominion〉을 보면서도 똑같았습니다. 〈도미니언〉은 가축으로, 무생물로 취급당하는 동물들의 현실을 있는 그대로 보여주는 다큐멘터리입니다. 중간에 인간의 혐오스러운 모습이 나오면, 같은 인간으로서 느끼는 죄책감부터 시작해서 어떻게 저 화면 속 사람과 내가 같은 인간종으로 묶인단 말인가, 하는 수치와 좌절을 느꼈습니다. 그래서 저는 비건이 되었고 올해로 3년 차입니다. 생명의 죽음(혹은 죽임당함)과 인간의 권리는 너무너무 동떨어져 있어서, 마치 짜장면과(이런 비유를 할 때는 늘 짜장면을 소환하게 되네요) 명왕성에 붙어 있는 이름 모를 입자만큼 독립적으로 존재하기에 인간은 동물의 죽음에 관여할 권리가 없다는 논리가 저를 비건으로 만들었습니다. 처음에는 공장식 축산업과 제약 산업의 결탁에 충격받아 비거니즘을 공부하기 시작했지만요. 저는 마음의 모순을 가지고 살아가고 싶지 않아 페미니스트가 된 사람인 만큼, 이번에도 모순이 하나 없어져서 매우 행복합니다. 한국에서 비건으로 살기 무척 어렵지만 행복해요. 스트레스받지만 마음의 모순이 쌓이지는 않습니다. 개비스콘 그 자체.

　간단하게 저의 사주에 대해 말씀드려보자면, 저는 을해일주乙亥日柱입니다. 을해일주는 초겨울 마른땅에 심긴 작은 나무로 물상화할 수 있다고 하는데, 어떤가요? 저 같은가요? 게다가 을해일주는 덩굴식물입니다. '적응'을 상징하는 나무입니다. 그렇게 생각해보니 저는 모든 것에 적응하는 능력만은 아주 탁월합니다. 예를 들면 저는 관상적으로 '비계약직 직원'의 얼굴을 하고 있어서인지 어디에 아무렇게나 들어가도 크게 제지당하지 않습니다. 여권을 만들러 구청에 갔는데 저만 체온을 재지 않고 들여보내주는 거예요. 그래서, "저……저도 오늘 여기 처음 와서 체온 검사해야 하는데요" 하고 말씀드렸더니 "어머, 직원분인 줄 알았어요"라고 직원분이 말씀하셨습니다. 이런 일이 꽤나 자주 일어납니다. 저는 '직원 전용 문으로 출입하기 대회'가 있다면 예선 정도는 가볍게 통과할 것 같습니다.

　언론사에 상 받으러 가는 날에도 직원 전용 엘리베

이터를 탔던 기억이 있어요. 아무튼 그만큼 '노바디'에 최적화된 얼굴이다, 라는 걸 말씀드리고 싶었습니다. 그러니 메타몽처럼 이렇게 저렇게 잘 적응하고 사는 것 같아요. 그리고 대운이 바뀌는 해라 올해만 잘 넘기면 내년부터는 탄탄대로라고 하니 걱정 말라고 하네요. 걱정 없는 삶 같은 건 없겠지만, 기분은 좋아요. 전에 말했던 브라질 친구의 생년월일시로 사주를 봐줬는데, 대충 맞는 거 같다고 하더라고요! 국적불문이라는 사실에 또 한번 놀랐습니다. 참고로 그 친구는 임오일주壬午日柱였습니다. 얼른 랑랑님의 사주도 봐드리고 싶군요.

뮤지션 슬릭은 요새 엄청나게 바쁩니다. 3집을 만드는 중이에요. 좋은 노래 언제 만드나 고민하다가 노래 만드는 방법을 조금 배우니 이제 제가 만든 노래들을 '더 좋게' 만드는 길을 찾아가는 것 같습니다. 아이디어를 정리하고, 의도한 대로 들려주는 작업이에요. 인간 령화는 언제나 기력이 너덜너덜하고 뮤지션 슬릭은 열정이 넘쳐 늘 쿵짝이 잘 안 맞지만, 이것도 음악이니까요. 그렇게 만든 노래들이 하드드라이브에 무지하게 쌓여 있으니 나중에 작업실 놀러오시거든 함께 들어봐주세요. 랑랑님의 의견도 꼭 들어보고 싶어요. 저는 노래 만들면 무조건 카톡으로 음악친구들에게 데모를 보내고 어떤지 물어보거든요. 물론 친구들도 저한테 음악을 보내주고요! 피드백을 받으면 그 노래는 저 혼자 만든 버전에서 벗어나 여러 사람의 감상이 더해져 더 다채로워지고, 그게 좋아서 노래를 만들면 꼭 친구들에게 뿌립니다(?). 요새는 하루에 한 곡씩 만들어지는 이상한 경험을 하고 있는데, 나쁘진 않지만 약간 피곤하긴 합니다. 디지털 오디오 레코딩·편집 프로그램인 DAW를 잘 다룰 줄 모르니 노래 만드는 데 오래 걸려요. 어쿠스틱보다는 미디MIDI 악기로 만드는 노래가 훨씬 많아, 노래 한 곡 만들 때 서너 시간은 앉아서 컴퓨터를 쳐다보고 있어야 해요. 물론 제가 미숙한 점도 있고요. 그래도 몰입하고 집중할 수 있어서 기분은 최고이고 허리는 최악이라고 합니다. 합의점을 찾고 있어요.

편지를 주고받으며, 아주 멀리 있지만 너무나 신기하게도 모든 고통의 시발점이 저와 같은 한 사람을 자주 떠올렸습니다. 어떻게 저와 슬픔, 분노, 울음, 무기력의 출발점이 같은, 혹은 거의 비슷한 사람이 존재할 수 있을까요? 랑님의 답장을 읽다보면 한 번도 그렇다고 생각해본 적 없지만 늘 그래왔던 저 스스로를 발견했고, 반대로 늘 그렇다고 생각했지만 '과연 그럴까?' 하고 스스로 다시

개비스콘 그 자체

묻게 되는 순간을 마주하기도 했습니다. 최근 몇 개월간 뼛속까지 불안장애를 앓고 있는 사람이, 그 깊은 속내를 털어놓기까지의 길과 시간을 생략할 수 있는 누군가에게 편지를 썼다고 늘 생각했습니다. 서로를 이해하기 위해서는 설명해야 할 것도, 감각해야 할 것도 너무나 많지만 고통의 시발점이 같은 사람끼리는 그 긴 과정을 훌쩍 뛰어넘을 수 있으니까요.

우연히 기차에서 서로 마주앉은 사람, 우연히 같은 나라 언어를 사용하는 사람, 우연히 비슷한 직업을 가졌으며 우연히 비슷한 삶을 살고 있던 사람. 랑님은 제게 그런 사람입니다. 이렇게 생각하니 저는 이제껏 저 스스로한테도 편지를 쓰고 있었다는 생각이 듭니다. 그래서인지 제 이야기를 아주 양껏 풀어놓았지요.

옆에 있는 사람을 보며 약간은 음흉하게, 알 수 없는 미소를 지으면서 편지를 쓰는 상상만 해도 저는 너무 재미있을 것 같은데요. 마주보고 쓸까요? 하고 싶은 말이 끝도 없을 것 같습니다.

2021년 5월 19일

슬릭 드림

저는 마음의 모순을 가지고 살아가고 싶지 않아

페미니스트가 된 사람인 만큼,

이번에도 모순이 하나 없어져서 매우 행복합니다.

한국에서 비건으로 살기 무척 어렵지만 행복해요.

스트레스받지만 마음의 모순이 쌓이지는 않습니다.

이
랑

×

령화에게

×

슬
릭

슬릭에게서 편지가 (메일로) 올 때마다 마주하는 '보낸이: 김령화[학생](정경대학 미디어학과)'의 이름과 제가 처음부터 아티스트로 접한 '슬릭'이라는 이름 사이 어딘가, 나와 정기적으로 편지를 주고받는 사람이 있다고 생각하며 편지를 열어봅니다. 김령화 이름 옆에 [학생]이라고 쓰여 있어서인지 슬릭이 저를 '랑쌤'이라 부르는 호칭이 떠올랐습니다. 저희가 두번째 편지를 주고받을 때쯤 호칭 이야기를 했던 걸로 기억하는데요. 그때 슬릭은 '선생님'이라는 호칭을 좋아하지만 '슬릭 선생님'이라고 불리면 "그 호칭이 발화된 입으로부터 가장 멀리 떠나고 싶은 기분이 든다"고 했습니다. 저 또한 출판 관계자분들께 '이랑 선생님'이라는 호칭을 들으면 여전히 소름이 돋습니다. (제가 가르치는 학생들과 수업중일 땐 전혀 문제없습니다!) 다행히 슬릭이 부르는 '랑쌤'이라는 호칭은 '선생님'을 줄인 말이 아니라 별명처럼 들려서 그리 위화감이 들지는 않습니다. 슬릭에게 저는 언제부턴가 '랑쌤'으로 고정된 것 같은데, 전 요즘 '령화'라는 이름이 그렇게 좋을 수가 없습니다.

주롱이의 죽음을 마주한 날 울면서 학교로 걸어가던 중학생 령화. 여름이의 죽음으로 그보다 더 크고 길게 울던, 바쁜 아티스트 슬릭의 삶을 공유하던 령화. 마음의 모순을 없애기 위해 페미니스트의 삶을, 비건의 삶을 선택한 슬릭과 령화.

이 사이 어디쯤인가에 령화가 슬릭의 삶을 공유하기 시작한 날이 있을 텐데, 그날은 어떤 모습이었을지 혼자 상상해보았습니다. 어떤 사람의 어떤 하루를 디테일하게 상상하는 건 '이랑[학생](영상원 영화과)'의 오래된 습관이랍니다. 령화와 슬릭의 이야기 상상을 더 구체화하기 위해 책 『이야기, 멀고도 가까운』(허스토리)의 슬릭 인터뷰를 참고했습니다.

을해일주의 사주를 가지고 '딸-딸-아들' 집 둘째딸로 태어난(저와 같네요) 령화는 어릴 때부터 자기 이름을 싫어했습니다. 어디든 적응할 수 있는 '노바디'에 최적화된 얼굴과 달리 이름만은 너무 올드하고 강렬했기 때문이지요. 우연히 엿들은 어른들의 대화에서 이 이름이 어디에서 왔는지 알게 된 령화는 마음이 슬픔으로 가득찼습니다. '령화'는 다음번에 아들을 낳기 위해 부모님이 이름집에서 돈을 주고 사온 이름이었던 것입니다. "나는 부모가 아들을 기원하는 마음을 증명하는 존재인가." 딸-딸-아들 집 둘째딸이라면 으레 그 생각을 하며 자랐을 것입니다. 저도 그랬거든요.

본인의 탄생을 아쉬워하고 안타까워하는 말들을 들으며 령화의 시간은 슬릭을 만나기 위한 준비를 했습니다. 어느 날 중학생 령화는 종일 뮤직비디오를 틀어주는 음악채널을 통해 '랩'이라는 걸 처음 듣고 충격받았습니다. "한글 자모음으로 이렇게 재미난 걸 할 수 있다니!" 령화는 가사를 써보기 시작합니다. 어디든 적응을 잘하는 을해일주 사주를 타고난 령화는 본인이 랩에 적응했을 뿐 아니라 랩을 아주 잘한다는 걸 알게 됩니다. 그건 주변 사람들의 반응을 통해서 쉽게 알 수 있었지요. 아들을 낳기 위한 과정에서 태어난 둘째딸들은 사회에서 인정받을 때 비로소 나를 위해 비추는 한줄기 빛을 느끼게 되는 것 같아요. 그러고 보니 령화에게도 랑이에게도 음악이 그 빛이 되어주었네요.

랩을 잘하는 게 확실한 령화는 랩네임을 짓기로 합니다. 랩네임은 이름집에서 사지 않아도 되니 돈도 안 들거니와 이름을 짓고 이름을 받는 당사자의 동의도 확실히 구할 수 있었지요. 어떤 이름이 좋을까. 령화는 노트를 펼치고 한글 자모음을 끄적입니다. 영어로도 끄적여봅니다. 성공한 래퍼들은 돈도 많이 버는 것 같던데. 돈을 많이 벌 수 있도록 이름에 '$'를 넣으면 어떨까. '령화'라는 이름에 돈과 가까운 '$' 발음이 없어 내심 아쉬웠던 령화는 '스'로 시작하는 말들을 입속으로 굴려봅니다. 역시 말을 굴리다보면 'R' 발음이 나오는 것 같아요. 한국인이 영어를 배울 때 특히 신경쓰는 발음이지요. 그렇게 스+R를 굴리다보면 '슬'이 완성되는군요. 설이 될 수도 있었겠지만 왠지 혀를 떠올리게 하는 말이라 령화는 '슬'에 도장을 찍습니다. 그렇게 '슬' 한 글자로 랩네임을 완성해도 되겠지만, 우리들 마음속에서 활동명이라는 건 왠지 모르게 두 글자가 정답인 것처럼 느껴지지요. 제 이름 '이랑'이 본명인 것을 대부분 모르는 것처럼요.

'슬' 뒤에 어떤 말이 붙어야 좋을까. 령화는 다시 고민을 시작합니다. '$'로 시작하는 '슬'에는 부와 명예가 곧 따라올 것 같은 좋은 기운이 충만하지만, 아주 천천히 발음해보면 '스을~' 하고 어딘가로 에너지가 새어나가는 느낌이 듭니다. 모처럼 어렵게 얻은 부와 명예가 스을~ 빠져나가서 좋은 게 없겠지요. 기운이 빠져나가지 못할 단호한 장치를 추가해야겠다는 생각이 듭니다. 한글 자음에서 단호한 기운을 가진 후보들로는 'ㄱ/ㄲ, ㄷ/ㄸ, ㅂ/ㅃ, ㅈ/ㅉ' 정도가 있겠습니다. '슬'에 하나씩 붙여 발음해봅니다. 아무래도 이 자음들 중 하나를 받침으로 써야 기운이 빠져나가지 않고 입안에 갇힐 것 같네요. 타자로

안 쳐지는 것들을 제외하니 단숨에 'ㄱ/ㄲ'가 남습니다. ㄱ/ㄲ이 받침으로 끝나는 말들을 이것저것 입으로 굴려 봅니다.

슬악, 슬곰, 슬끽, 슬록, 슬븍, 슬족, 슬먹, 슬육, 슬룩, 슬럭.

굴리다보니 '슬'의 받침 'ㄹ' 발음을 이어받을 수 있는 자음 'ㅇ'을 붙이는 게 자연스럽네요.

슬악=슬락 블록이 떠오릅니다. 트위터 블록은 마주하면 기분이 좀 좋지 않죠.

슬약=슬략 약국에 가서 말을 하다가 중간에 생략한 느낌입니다.

슬억=슬럭 속이 안 좋을 때 내는 소리와 비슷합니다.

슬역=슬력 달력이 떠오릅니다. 성실한 느낌이네요.

슬옥=슬록 순록이 떠오릅니다. 귀엽네요.

슬욕=슬룍 '욕'이라는 말이 너무 강렬해서 벗어날 수가 없네요.

슬욱=슬룩 순록이 엉덩이를 신나게 실룩거리는 장면이 떠오릅니다.

슬육=슬륙 2021년에 3년 차 비건이 된 슬릭을 위해

탈락시킵니다.

슬윽＝슬륵 영어 표기의 난항이 예상됩니다.

슬익＝슬릭 마우스가 클릭!하는 소리가 연상됩니다.

령화는 무언가 '반짝'하는 느낌이 드는 '슬익＝슬릭'이라는 말을 고릅니다. '슬익'이라고 쓰면 '슬(띄고)익'으로 발음하는 사람과 '슬릭'으로 발음하는 사람이 나뉠 것 같다는 생각이 듭니다. 앞 글자의 'ㄹ' 받침을 그대로 이어 발음하는 것이 좋다고 생각한 령화는 발음 선택지를 하나로 좁혀 '슬릭'을 고릅니다. 영문 표기도 $LEEK, $LIK, $LEAK, $LEEG, $LEEQ 등 다양한 후보가 발견되지만 단호하면서도 유니크한 이미지를 가진 Q가 좋겠다는 생각을 합니다.

이제 마지막으로 돈을 많이 벌고 싶은 바람은 우리 마음속에 '다른 이름으로 저장하기'로 하고 $를 S로 바꿉니다. 그렇게 '김령화[학생](정경대학 미디어학과)'에게 랩네임 '슬릭/SLEEQ'이 생겼습니다. 령화의 노트는 이름을 짓는 과정에서 쓰고 지워진 한글 자모음과 영문 알파벳으로 가득 채워졌고 새로운 이름을 갖게 된 령화의 마음도 충만함으로 가득찼습니다. 이 기쁜 소식을 소중한 친구들에게 전해주기 위해 령화는 단체메일을 쓰기로 합니다. 짧은 내용이지만 조금 흥분된 마음으로 정성스럽게 마무리합니다. 지구 여기저기 흩어져 살고 있는 령화의 친구들은 '보낸이: 김령화[학생](정경대학 미디어학과)'에게서 령화의 새 이름을 알리는 메일을 받게 됩니다.

제가 그때 그 메일을 받은 친구 중 한 명이라면 어땠을까 하는 생각을 해봤습니다. 그 짧은 소식에 뭐라고 답장을 보냈을지. 령화와 슬릭의 친구들은 그 소식에 뭐라고 답했을지 궁금합니다. 물론 많은 축하와 응원을 받았을 것 같아요.

한 장의 앨범도 내지 않은, 가끔 학생식당 앞에 앉아 기타 치고 노래하던 '이랑[학생](영상원 영화과)'도 한 곡의 노래를 완성할 때마다 무척 기쁘고 충만한 마음으로 새벽에 친구들에게 단체메일을 보냈습니다. 다음날 아침, 친구들에게서 "노래가 너무 좋다"는 답장이 도착하면 그 반응이 너무 기뻐서 빨리 다음 노래를 만들어 또 공유하고 싶다는 마음으로 가득찼습니다. 친구에게 또 칭찬받고 싶은 마음. 그때는 그 원동력 하나로 정신없이 작곡을 했던 기억이 납니다. 첫번째 정규앨범을 내기 전에 26곡 정도를 만들어두었으니 말 다했죠. 지금은…… 일 년에 두 곡 정도 만드는 것 같아요. 왠지 슬프네요.

뮤지션 슬릭이 3집을 준비하고 있다니 너무 기쁩니다. 뮤지션 이랑도 올해 3집 앨범을 발표할 예정입니다. 전처럼 칭구의 칭찬으로(친구가 '칭구'로 오타가 났는데, 왠지 귀여워서 놔둡니다) 작곡 실력이 훨훨 날아오르던 스물두세 살의 이랑이 아닌, 일 년에 한두 곡 혹은 한 곡을 2~3년 동안 작업하는 서른여섯의 이랑이 되었습니다. 열정이 넘치는 뮤지션 슬릭과 기력이 너덜너덜한 령화가 쿵짝을 맞추며 3집 앨범을 만들고 있는 것처럼, 집에 준이치와 종일 누워 있는 게 행복한 랑이와 5년 만의 정규앨범을 잘 만들고 싶은 뮤지션 이랑이 쿵짝을 맞추느라 고생입니다. 전에 슬릭에게 한번 이야기했던 것 같은데요. 이번 앨범에 '랩'이 하고 싶어서 '랩'이랍시고 곡을 썼는데, 그걸 들은 친구들이 '이건 랩 아닌데'라고 했던 곡이 하나 있습니다. 친구들에게 인정받지 못해 속상하고, 어떻게 하면 랩을 쓸 수 있는지 정말 모르겠습니다. 올해 3집 앨범을 내고 나서 다시 한번 랩 메이킹에 도전해보려고 하는데요. 뭐부터 어떻게 해야 할지 몰라 전문가의 손길이 간절히 필요합니다.

슬릭 선생님, 제가 래퍼가 될 수 있게 도와주시겠습니까?

    뮤지션 동료에서 편지메이트로, 편지메이트에서 랩
스승과 제자로.

    우리의 관계를 또 한번 새롭게 시작하는 날을 고대
하겠습니다.

    령화도 슬릭도 평안한 하루 보내시길 바랍니다.

2021년 5월 24일

이랑 드림

령화에게

인간 령화는 언제나 기력이 너덜너덜하고,

뮤지션 슬릭은 열정이 넘쳐 늘 쿵짝이 잘 안 맞지만,

이것도 음악이니까요.

슬릭 선생님,

제가 래퍼가 될 수 있게 도와주시겠습니까?

뮤지션 동료에서 펜지메이트로,

펜지메이트에서 랩 스승과 제자로.

우리의 관계를 또 한번

새롭게 시작하는 날을 고대하겠습니다.

슬
릭
의
말

×

　스스로 생각하는 뮤지션 슬릭의 가장 큰 약점은 음대를 나오지 않았다거나 페미니스트 선언을 힙합 신에서 했다는 것이 아닙니다. 바로 모객에 약하다는 사실이었습니다. 아주 적은 수이고 아주 느린 속도이지만, 저를 좋아하는 사람들이 늘어나고 있지 줄어든 적은 없다고 생각합니다. (저에 대해 아무 생각 없었다가 싫어하게 된 사람은 많지만요.) 그런데 공연만 열면 적자가 났어요. 사람들이 오지 않아요.

　혹자는 당신이 행사를 너무 많이 뛰어서 당신을 보고 싶어하는 사람들은 웬만하면 돈 내지 않고도 볼 수 있으니 유료 공연에는 관객이 적을 수밖에 없다고 했지만, 그 말은 크게 와닿지 않았습니다. 각종 인권행사에서 라이브하는 제 모습을 우연히 보았다면, 그중 누군가는 분명히 제 공연에 오고 싶었을 것입니다. 특히 저는 매우 구체적인 청자를 염두에 두고 만든 노래들을 부르고 다니기 때문에 제 노래 같은 노래를 들으려면 제 노래 말고는 대체재를 찾기가 어렵습니다. 그런데 왜 저는 늘 모객에 약했을까요?

이 편지를 쓰면서 여실히 느꼈습니다. 그동안 나는 내 노래를 듣고 싶은 사람들이 찾아오기 힘든 곳에서만 공연을 열었구나. 내 이야기에 공감하는 사람들이 마음놓고 즐기기 어려운 방식으로만 공연을 기획했구나. 그래서 정말 '올 수 있는' 사람들만 왔기 때문에 관객이 적었구나. 우리가 공개한 편지가 꽤 주목받고 있다는 소식을 듣고 그제야 깨달았습니다. 제가 얼마나 오만한 마음으로 살고 있었는지를요.

서간문을 쓰기 시작하면서 산문에 대해 공부하기 시작했고, 그러다가 만난 취미가 필사입니다. 제가 사랑하는 사람들이 공유해주는 기사와 책 속의 문장을 필사하다 보니 무엇을 놓치고 있었는지 깨달았습니다. 물론 이제 겨우 편지 교환을 마쳤을 뿐, 우리가 주고받을 이야기는 아직 많이 남아 있지만 저는 이랑님과 편지를 주고받길 잘했다고 생각합니다. 많은 것을 배웠고, 무엇을 더 배워야 하는지도 배웠고, 앞으로 어떤 사람으로 살고 싶은지도 알게 되었습니다.

우리의 편지가 주목받은 이유는, 실은 이랑님께서 모객에 강하기 때문일 수도 있습니다. 이랑님은 뮤지션이면서 동시에 작가의 정체성도 아주 뚜렷한 사람이기 때문에 우리의 편지가 많은 사람들의 관심을 받을 수 있었던 것이지요. 생각해보니 이쪽이 훨씬 합리적인 이유 같네요. 초보운전자와 함께해주신 이랑 작가님께 감사드립니다.

저는 아직 전설의 기타리스트가 되지는 못했지만 비트메이킹을 배우기 시작했습니다. 말하자면 악기에 대해 공부하기 시작한 것이죠. 편지 쓰기를 시작하며 어필했던 목표인 '전설의 기타리스트 슬릭'의 서사는 책이 끝나는 이 순간까지도 시작되지 않았지만, 작가의 ㅈ 정도 알게 된, 혹은 세상의 ㅅ 정도 알게 된 저라도 괜찮으셨다면, 제 편지를 읽어주신 모든 분들께 감사인사를 드립니다. 고맙습니다.

지금까지 국힙 원탑 슬릭이었습니다.

이
랑
의
말

✕

에필로그를 쓰기 위해 프롤로그를 다시 열어봤습니다. 그리고 제가 2020년 8월부터 슬릭에게 편지를 쓰기 시작했다는 것을 알게 됐습니다. 근 1년간 한 일 중에서 편지 쓰기가 가장 즐거웠습니다. 2주에 한 번씩 슬릭에게 편지를 쓰면서 틈틈이 메신저나 문자로 할 말을 참게 되는 효과가 있다는 걸 알게 됐습니다. 하지만 참은 만큼 궁금하고 애틋한 마음이 생겨서 더 좋았습니다.

저는 참을 수 없을 정도로 무기력할 때 오래전부터 모아둔 편지들을 팬레터 박스에서 하나씩 꺼내 읽습니다. 댓글로, 쪽지로 "이랑님, 사랑해요!" 하고 보내오는 짧은 말도 반갑지만 한 장, 두 장 종이에 꾹꾹 눌러담은 문장들을 읽고 있으면 보낸 사람에 대해 많은 것들을 상상하게 됩니다. 이 사람은 왜 이 편지지를 골랐을까. 봉투에는 왜 이 스티커를 붙였을까. 이 문장은 언제 어떤 곳에서 쓰였을까. 내 손에 전해지기 전까지 어떤 마음으로 편지를 가지고 있었을까. 구깃구깃해진 봉투를 만지면서 상상을 펼치다보면 어느새 마음이 평온해지고 뭔가 다시 시작할 힘이 납니다.

그래서 이 책을 읽은 분들께도 권하고 싶어집니다. 편지를 씁시다. 친한 친구에게 하루 동안 하고 싶은 말을 참았다가 편지를 써봅시다. 저와 슬릭처럼 2주 동안 말을 참았다가 편지를 써봐도 좋겠네요. 저는 앞으로 필사를 좋아하는 슬릭에게 손편지를 써서 보내볼까 합니다. 손편지는 키보드로 치는 편지와 달리 또 새로운 피로감이 있겠지만, 그래도 쓰고 싶습니다.

살아서, 편지를 쓰고, 만나서 전해주기로 합시다.

괄호가 많은 편지

괄호가 많은 편지

ⓒ 슬릭 이랑 2021

1판 1쇄 2021년 7월 12일
1판 2쇄 2021년 7월 22일

지은이 슬릭 이랑

책임편집 정현경 | 편집 이자영 이연실
디자인 최윤미 이주영 | 손글씨 슬릭 이랑
마케팅 정민호 양서연 박지영 안남영
홍보 김희숙 함유지 김현지 이소정 이미희 박지원
제작 강신은 김동욱 임현식 | 제작처 영신사

펴낸곳 (주)문학동네 | 펴낸이 염현숙
출판등록 1993년 10월 22일 제406-2003-000045호
주소 10881 경기도 파주시 회동길 210
전자우편 editor@munhak.com
대표전화 031) 955-8888 | 팩스 031) 955-8855
문의전화 031) 955-2655(마케팅) 031) 955-1910(편집)
문학동네카페 http://cafe.naver.com/mhdn | 트위터 @munhakdongne
북클럽문학동네 http://bookclubmunhak.com

ISBN 978-89-546-8097-4 04810
      978-89-546-8096-7 (세트)

www.munhak.com